冬天 森林裡有什麼新鮮事！

森林報

維．比安基 著　卡佳．莫洛措娃 繪　王汶 譯

全世界孩子都在讀的世界經典自然文學

出版序

這時刻，讓我們帶孩子一起擁抱森林

陳怡璇　木馬文化兒童科普線副總編輯

致　親愛的師長們：

《森林報報》是俄羅斯兒童文學大師——比安基的經典之作，在台灣也曾經由不同的出版社引進出版，即便如此，它的知名度仍不及另一經典自然書寫《昆蟲記》，所為人熟知。這自然有其歷史背景，一八九四年，比安基出生於聖彼得堡（舊稱列寧格勒）。父親是一位動物學家，從小就帶著他探索自然。比安基從父親那裡學到許多觀察和記錄的方法，他不僅對大自然充滿好奇，也學習藝術與文學，並且在他成年後開始嘗試創作。一九二七年首次出版的《森林報報》，是他最為人熟知的作品，直到一九五九年他離世之前，《森林報報》仍然持續加入新的內容，令大小讀者愛不釋手，並影響著許多家庭和孩子。

對照比安基成長和創作的時代，正是俄羅斯與世界動盪不已的年代：俄羅斯帝國走入衰敗瓦解，取而代之的是無產階級崛起的時代巨浪，緊接著兩次世界大戰，在比安基離世時，俄國已經成為蘇聯，是與西方世界抗衡的巨大政權。

這多少說明了為什麼我們和這部經典作品始終有點距離，因為在時代的洪流中，我們曾經離得那麼遠。

然而，閱讀《森林報報》，你會發現，比安基描寫的世界，有尋常的四季遞嬗，有森林和小鎮的生機勃勃，有動物植物的細膩變化……在森林裡，始終有自己的節奏；在森林裡，沒有這些紛擾；在森林裡的我們，其實距離非常近。近到遠在俄羅斯的年輕插畫家，能夠認識和描繪生活在台灣小島上的亞洲石虎，這是深愛森林和大自然的人類，天涯咫尺的美麗相遇。

二〇二〇年的此刻，人類正面臨前所未有的處境，病毒全球快速傳播，各國被迫封閉原本的流動，而人們得以停下腳步，看看我們生活的周遭，這些圍繞在我們周邊的高山、森林、湖泊，以及一直和我們生活在一起的動植物們。木馬文化在此刻推出這部經典兒童自然文學，是對經典大師致敬，更是對大自然致敬，也對每個致力於維護和傳遞生態保護的人們致敬。

本書採用的譯本為中國知名翻譯家王汶女士（一九二二～二〇一〇）的譯本，王汶女士擅長俄國文學與語言、愛好自然，是公認最好的譯本。本書也邀請到曾榮獲「好書大家讀」的科普作家及譯者張容瑱擔任本書編輯，為書中許多譯名反覆查證校正。本書的出版能跟俄羅斯插畫家卡佳小姐合作，更是意義不凡，我們很開心能一起乘著時光機將經典作品帶到孩子的面前。

致 親愛的小讀者：

你即將看到許多前所未聞的動物和植物的神奇事件，透過一位經典大師生動有趣的描寫，看完之後會讓你作文能力大增。這本書有很多漂亮的插圖，是來自俄羅斯的卡佳姐姐特別創作的，仔細觀察不同季節的封面有什麼不同呢？

強烈建議，讀這本書你可以查查地名和物種的名稱，會有更豐富的收穫。除此之外，也許你可以著手寫一篇台灣森林報報，一起成為小小自然文學家！

推薦序

他帶著孩童的眼睛，捎來森林的消息

林華慶　林務局局長

春天喚醒了冰封的北方大地，新芽從變得鬆軟的積雪裡怯怯的冒出頭來，鹿生出柔嫩的犄角，麻雀歡快的洗澡，百靈鳥飛來，人們製作小麵包，迎接充滿生機的「飛禽月」。俄羅斯科普作家維・比安基的生花妙筆，帶領我們走進四季分明的北國，看見與台灣自然環境截然不同的另一番景色。熱鬧的森林裡，不管是低調的苔蘚，或是鳴唱的黃雀，每個小生命都有著各自的獨特位置。

台灣擁有聳峻的高山島嶼地形，我們何其有幸，能與不同氣候帶的闊葉林、針闊葉混合林、針葉林、寒原共同生活在同一緯度裡，得以享用森林提供的多元服務價值。森林帶給我們的絕不僅止於木材，從空氣、水、生態、棲地的支持性服務，以及溫溼度等微氣候調節，到人們食衣住行所需的供給服務，更滋養了文化、遊憩、美學、身心療癒，我們也經常在各種生態體驗活動中，看到孩子們專注探索大自然帶來的驚喜。

帶著如孩童求知的明亮雙眼，《森林報報》裡，作者以流暢優美又富童心的筆觸捎來森林的消息，引領大家觀察變化萬千的生命動態；俄羅斯插畫家卡佳也透過對動植物獨特的洞察力，繪製全新的插圖，為這本書更添視覺之美，再次與台灣延續美好的緣分。

閱讀這本適合親子共讀的自然文學作品，大小朋友們可以發現，原來森林裡有這麼多學問，值得細細體會。當人們越親近自然，就越能感受它的價值，進而守護它。

十分欣見木馬文化出版《森林報報》這本圖文並茂的好書，讓身處南方島嶼的我們，也能透過紙頁神遊另一座豐美的森林。也期待每位大小朋友，從書本與親身接觸中更加親近山林，發現生物間的巧妙互動，徜徉在森林這所無邊無際的學校中，享用大自然的美好！

推薦序

來自俄羅斯的美好作品

卡佳．莫洛措娃

能為一部經典的作品畫插圖，是許多插畫家的夢想，特別是如果這本書曾陪伴自己的童年長大。對我來說，為《森林報報》繪製插圖，就是這樣一個特別的經驗。

這本書的作者維．比安基，是俄羅斯最著名的兒童文學家，尤其知名的是他擅長書寫關於自然的題材，他的作品在俄羅斯早已是學校文學課程的一部分，陪伴好幾代的孩子成長，包括我在內。維．比安基總在他書寫的故事中，帶我們了解身邊的世界，教導我們小心的對待它。

《森林報報》這部作品呈現的是森林裡一年四季的變化和各種有趣的消息，這次因為木馬文化的邀請，讓我在成年之後再次和這本書相遇，我彷彿回到了我的童年，並且像個孩子般重新體會和了解我的祖國——俄羅斯，有多麼廣闊的國土和細膩的生態。

我回憶起童年，我和許多充滿好奇的小朋友一樣，喜歡到住家四周的公園裡探險，看到不同的鳥類時，會好奇這是什麼鳥？我看到樹上、地上一些奇怪的印記，心想這是什麼動物留下的記號？

為《森林報報》畫插圖的過程，我也幻想自己是《森林報報》中的記者，要為讀者呈現讀這些故事時最適合的插圖，為了達到這個目標，我在作畫時除了參考物種的真實照片，也尋思在書中應該用什麼構圖和配色。

作為一位插畫家，我有我擅長和喜愛的風格——我喜歡運用幾何和抽象的想像，以及明亮鮮明的用色，然而我也喜歡嘗試不同畫風，在《森林報報》的系列作品中，我決定更具體而微的把故事中的生物生動的展現，期待每一位閱讀這本書的讀者，可以因此更加認識這些可愛的動植物，能夠認識這片來自我家鄉的美好森林。

《森林報報》的發行是以季節時序的推進分為春、夏、秋、冬，四季的變化在俄羅斯是非常顯著的，因此在封面插畫的創作上，我特別將俄羅斯隨處可見的樹木：白樺、橡樹和白楊安置其中，隨著季節的變化，樹木和周圍的動物都將隨著書中描述的季節而變——春天，樹上冒出嫩綠的新芽；夏天，綠葉變厚、顏色變深；秋天，樹上的葉子換了紅色、黃色、橙色的新裝；到了冬天，樹木將靜靜的睡在雪地上，期待下一個春天的到來。

這是我為童書繪製插圖的第一部作品，在創作的過程我感到非常的快樂，也謝謝木馬文化帶給我這麼寶貴的機會，期待台灣的讀者能在其中享受到閱讀的樂趣、體會大自然的美妙，並在這部作品中，認識俄羅斯和台灣迥然不同的生態。

目次

出版序／這時刻，讓我們帶孩子一起擁抱森林　陳怡璇　4
推薦序／他帶著孩童的眼睛，捎來森林的消息　林華慶　7
推薦序／來自俄羅斯的美好作品　卡佳．莫洛措娃　9
致讀者　19

銀路初現月　冬季第一月　12月21日～1月20日　29
太陽的詩篇　30
冬天之書　32
各有各的讀法／誰用什麼寫字／正體字和花體字
小狗和狐狸，大狗和狼／狼的花招／樹木怎樣度過冬天／雪底下的草地
林中大事記　43
一知半解的小狐狸／可怕的腳印／雪底下的鳥群
雪爆炸了，狍鹿得救了／雪海底下／冬季的中午

農村生活 54

耕雪機／冬季作息時間／綠帶子

城市新聞 58

雪上的小蟲子／國外消息／擁擠的埃及／國家禁獵區／轟動非洲南部

打獵的故事 63

帶小旗子打狼／查看狼的腳印／包圍起來！／夜晚時分

第二天早上／圍攻！／獵狐狸

東南西北 87

無線電通報

森林布告欄 98

招待貴賓——山雀和鳾／森林自修課

救救森林中的小朋友

打靶場 99

第十次競賽

飢餓難熬月

冬季第二月　1月21日～2月20日

103

太陽的詩篇　104

林中大事記　106

林子裡好冷啊！／吃飽的不怕冷／一個跟著一個

植物的芽在哪裡越冬？／小木屋裡的大山雀

我們怎樣去打獵／野鼠搬出了樹林

不用服從法則的林中居民／熊找到的好地方

祝你鉤鉤不落空！　122

城市新聞 126

免費食堂／學校裡的生物角／跟樹同歲的人

打獵的故事 133

帶豬崽子打狼／深入熊洞／獵熊（圍獵）

森林布告欄 156

別忘了那些無依無靠、受凍挨餓的朋友

打靶場 157

第十一次競賽

忍受殘冬月

冬季第三月　2月21日～3月20日

161

太陽的詩篇 162

林中大事記 164

熬得過嗎？／嚴寒的犧牲者／光溜溜的冰地／玻璃似的青蛙／瞌睡蟲／穿著輕便／苦中作樂／從冰洞裡探出來的腦袋／解除武器／愛洗冷水澡的鳥／水晶宮裡／雪底下的生命／春的預兆

城市新聞 181

在大街上打架／修理和新建／鳥食堂／市內交通新聞／返回故鄉／在雪底下度過／彎彎的月亮／迷人的小白樺／最早的歌聲／綠色接力

打獵的故事 192

巧妙的陷阱／活捉小動物／狼阱／狼圈／地上的機關／熊洞旁又出事了

最後一分鐘接到的急電 206
禿鼻鴉從南方回來了
打靶場 207
第十二次競賽
第十次競賽答案 212
第十一次競賽答案 214
第十二次競賽答案 216
廣大的俄羅斯 218

紀念我的父親
瓦連京・利沃維奇・比安基

致讀者

普通的報紙都是刊登人的消息、人的事情。可是，孩子們也很想知道飛禽走獸和昆蟲怎樣生活。

森林裡的新聞並不比城市少。森林裡也進行著各種工作，也有愉快的節日和悲傷的事件。森林裡有森林裡的英雄和強盜。可是這些事情，城市報紙很少報導，所以誰也不知道這類林中新聞。

比方說，有誰聽過，嚴寒的冬季裡，沒有翅膀的小蚊蟲從土裡鑽出來，光著腳丫在雪地上亂跑？你在什麼報紙上能看到關於林中大漢麋鹿打群架、候鳥大搬家和秧雞徒步走過整個歐洲的有趣消息？

所有這些新聞，在《森林報報》都可以看到。

《森林報報》一共有十二期，每個月一期，我們把它編成了一套書。每一期的內容有：編輯部的文章，我們森林通訊員的電報和信件，還有打獵的故事。

我們的森林通訊員是些什麼人呢?有的是小朋友,有的是獵人,有的是科學家,有的是林業工作者。他們常常到森林裡,關心飛禽走獸和昆蟲的生活,他們把森林裡形形色色的新聞記下來,寄給我們編輯部。

第一本《森林報報》在一九二七年出版,之後經過多次再版,每次再版都會增加一些新的專欄。

我們曾經派一位特約通訊員,去採訪赫赫有名的獵人塞索伊奇。他們一起打獵,當他們在篝火旁休息的時候,塞索伊奇常常講起他的冒險故事,特約通訊員就把他的故事記下來。

《森林報報》是地方性報紙,在俄羅斯的列寧格勒編輯出版,報導的內容大多是列寧格勒省內,或是列寧格勒市內的消息。

不過,俄國的領土非常廣大,大到這樣的程度:在北方邊境,暴風雪正在發威,把人血管裡的血液都凍涼了;在南方邊境,熱烘烘的太陽卻普照大地，百花盛開；在西部邊區，孩子們剛剛躺下睡覺；在東部邊區，孩子們已經睡醒了，正要起床。所以《森林報報》的讀者提出了一個需求——希望從《森林報報》了解列寧格勒省內的事，同時也能知道全國其他地區發生的事。為了滿足讀者的需求，我們在《森林報報》上開闢了一個專欄，叫做「東南西北：無線電通報」。

我們轉載了塔斯通訊社的許多報導，介紹孩子們的工作和功績。

我們還邀請了生物學博士、植物學家兼作家尼娜·米哈依洛芙娜·巴甫洛娃為《森林報報》撰寫文章，談談有趣的植物。

我們的讀者應該了解自然界的生活，這樣，才能學會愛護自然，才能隨心所欲的融入動植物的生活。

我們的第一位森林通訊員

許多年前，列寧格勒列斯諾耶附近的居民，常常在公園裡碰到一位戴眼鏡的白髮教授。這位教授有一雙非常銳利的眼睛，他傾聽每一隻鳥的叫聲，仔細觀察每一隻飛過的蝴蝶或蒼蠅。

我們大都市的居民，不會那樣細心的注意每一隻剛孵出的小鳥，或是春天出現的每一隻蝴蝶。可是他呢？春天時森林中發生的事，沒有一件逃得過他的眼睛！

這位教授的名字是德米特利．尼基羅維奇．凱戈羅多夫。他觀察我們城市和近郊的自然生態長達五十年。在半個世紀的歲月裡，他看著冬去春來，春盡夏始，夏秋一過，冬天又來，鳥兒飛去又飛回，樹木和花卉開了又謝。凱戈羅多夫教授清清楚楚的記下他觀察到的一切，什麼時候發生了什麼事，並發表在報刊上。

他還號召人們，特別是年輕人，觀察自然、記下觀察結果，並寄給他。許多人響應了他的號召。於是，他的自然觀察通訊員大軍，就一年一年壯大起來。直到現在，許多愛好自然的人，包括鄉土研究者、科學家、小學生，還在按照他的方式，繼續進行觀察，收集觀察的紀錄。

五十年來，凱戈羅多夫教授累積了許許多多的觀察紀錄。他把這些資料統整起來。多虧他長年不斷的工作，多虧許多科學家的研究，現在我們知道候鳥在春天什麼時候飛到我們這裡、又在秋天什麼時候離開，也知道我們這裡樹木和花草的生長情況。

凱戈羅多夫教授還為孩子和成人寫了許多關於鳥類、森林和田野的書。他曾經在學校教書，那時他一再強調：孩子研究大自然，不能只依靠書本，還要走進森林和田野。

一九二四年二月十一日，凱戈羅多夫教授在長久的病痛之後，沒趕上新春的到來，就逝世了。我們對他念念不忘。

森林年

有一些讀者也許會認為《森林報報》上關於森林、農村和城市的報導，都是舊聞。其實並不是這樣。沒錯，年年有春天，不過，每年的春天都是嶄新的，不管你活多少年，絕不會看見兩個一模一樣的春天！

一年，就像一個有十二根輻條的車輪，每一根輻條相當於一個月，十二根輻條統統滾了過去，就是車輪滾了一圈，接著，又輪到第一根輻條轉過去。不過，車輪已經不在原處了，而是前進了一些距離。

春天再度降臨。森林甦醒了，熊從洞裡爬出來，氾濫的河水淹沒了森林動物的地下洞穴，鳥兒從遠方飛來，開始唱歌、跳舞，動物生兒育女。讀者會在《森林報報》上看到最新鮮的森林新聞。

《森林報報》使用的日曆是「森林曆」，跟一般的日曆不一樣。這沒什麼好奇怪的，因為鳥獸的生活步調跟我們人類不一樣。牠們有自己獨特的曆法——森林裡所有的生物，都按照太陽的運行過日子。

我們參考一般的日曆，把森林曆的一年，劃分成十二個月，並根據森林裡的情況，為每個月分另外取了名字。

第 1 期
冬眠初醒月

第 4 期
鳥兒築巢月

第 7 期
候鳥離鄉月

第10期
銀路初現月

冬季第一月

12月21日～1月20日

第3期
歌唱舞蹈月

第2期
候鳥回鄉月

第6期
結隊飛行月

第5期
雛鳥出生月

第9期
冬客臨門月

第8期
儲備糧食月

第12期
忍受殘冬月
冬季第三月
2月21日～3月20日

第11期
飢餓難熬月
冬季第二月
1月21日～2月20日

銀路初現月

冬季第一月 12月21日~1月20日

太陽的詩篇

十二月天寒地凍。十二月鋪了層冰板，用銀釘子將大地封住。十二月是一年的結束，卻是冬天的開始。

屬於水的活動過去了：連洶湧的河流都被冰封了起來。大地和森林蓋上了雪被。太陽躲到烏雲後頭。白晝逐漸縮短，黑夜逐漸增長。

白雪掩埋了無數屍體！一年生的植物發芽、生長、開花、結果，然後枯敗，化作曾滋養它們的泥土。一年生的動物度過了牠們的一生，也崩解化為塵土。

但是，植物留下了種子，動物產了卵。等到適當的時機，太陽會像童話《睡美人》中的王子那樣，用吻來喚醒牠們。逝去的生命將從這片土地中再次誕生。

至於多年生的動植物呢，牠們有辦法保護自己，平安度過漫長的北方冬天，直到下一個春天來臨。畢竟在冬天還來不及完全發揮威力的時候，太陽的誕辰——十二月二十二日，又會臨近了！這個重要的日子被稱為「冬至」，此後白晝的時間越來越長——太陽回到人間來了！太陽回來時，生命將復活。

但無論怎樣，需要先熬過嚴冬。

冬天之書

大地上平平整整的鋪著一層白雪。現在田野和林中空地，像一本攤開的大書：平平的，沒有一條皺褶；乾乾淨淨的，沒有一個字。要是有誰在這上面走過，就會寫上這樣一行：「某某到過此地。」

白天下了一場雪。雪停時，書頁又變成潔白的了。

早晨你來看看，會發現潔白的書頁上印滿了各式各樣神祕的符號：條條、點點、逗點。說明了夜間有各式各樣的林中居民來過，牠們在這裡走來走去，跳跳蹦蹦，忙碌得很。

是誰到過這裡？牠們做了些什麼事？

得趕緊分辨這些難懂的符號，搞清楚這些神祕的字句。不然的話，再下一場雪，在你眼前又會是一張乾淨、平展的白紙，好像有誰把書翻了頁似的。

各有各的讀法

在這本「冬天之書」，每一位林中居民都簽了字，牠們各有各的筆跡，各有各的符號。人學會了用眼睛分辨這些符號。如果不用眼睛讀，還能用什麼讀呢？

動物會用鼻子「讀」。舉例來說，狗用鼻子聞聞「冬天之書」上面的字，就會讀到「這裡有狼來過」，或是「剛才一隻兔子從這裡經過」這樣一行字。

動物的鼻子可不是蓋的，牠們絕不會讀錯。

誰用什麼寫字

大多數動物都用腳寫字。有的用五個腳趾頭寫，有的用四個腳趾頭寫，有的用蹄子寫。有時候，也用尾巴、鼻子、肚皮等來寫字。

鳥也用腳和尾巴寫字，也有用翅膀寫字的。

正體字和花體字

我們的通訊員學會了讀這本「冬天之書」，他們從這本書裡讀到了各式各樣的林中大事。掌握這門學問可不容易，因為林中居民並不都是規規矩矩一筆一畫寫字，有的寫字時喜歡耍耍花招。

松鼠的字跡很容易辨認，也很容易記住。牠在雪地上蹦蹦跳跳的姿勢，像玩跳箱遊戲一樣，短短的前腳先支撐著地，長長的後腳再岔開向前伸。前腳印是兩個並排著的小圓點。後腳印則在前腳印的前方，長長的，左右分得很開，好像兩隻小小的手掌，伸著細細的手指頭。

野鼠的字雖然小，但也很簡單，容易辨認。牠從雪底下爬出來時，往往先兜個圈子，再朝牠要去的地方一直跑去或是回到洞裡。於是在雪地上印上一長串的冒號（：），而且冒號和冒號之間的距離都一樣長。

鳥的筆跡也很容易辨認。以喜鵲來說，牠的腳趾是前面三趾、後面一趾，會在雪地上留下小十字，後面那個腳趾的印痕比較長，像是破折號（——）；小十字的兩旁是翅膀的羽毛留下的痕跡，好像手指頭印似的。有些地方還可以看到羽尖參差不齊的長尾巴，在雪上抹過的痕跡。

這些簽字都老老實實的，沒有花招。一眼就可以看出：這裡是一隻松鼠從樹上爬下來，在雪地上蹦跳了一陣，又回樹上去了；這裡是一隻野鼠從雪底下鑽出來，跑了一陣，兜了幾個圈子，又鑽回雪底下去了；這裡是一隻喜鵲飛了下來，在積雪上跳了一會兒，尾巴在積雪上抹了一下，翅膀在積雪上撲了一下，之後就飛走了。

可是，狐狸和狼的筆跡，你認認看吧！要是沒看習慣，一定會被搞得頭昏腦脹。

小狗和狐狸，大狗和狼

狐狸的腳印很像小狗的腳印，差別在於：狐狸把腳掌縮作一團，幾個腳趾頭併得很攏。

狗的腳趾頭張開著，因此牠的腳印淺一些，不扎實。

狼的腳印很像大狗的腳印，差別在於：狼的腳掌兩邊往裡縮攏，因此狼腳印比狗腳印長一些、秀氣一些；狼腳爪和腳掌上那幾塊小肉墊，在雪上印得深一些。狼的步伐比狗的大一些。狗腳掌的肉墊會合併踩出一個腳印，而狼的卻是分開的。

一行行的狼腳印，特別難讀，因為狼喜歡耍花招，把自己的腳印弄亂。狐狸也是。

狼的花招

當狼一步步往前走，或是小跑的時候，牠的右後腳總是整整齊齊踩在左前腳的腳印裡，左後腳總是整整齊齊踩在右前腳的腳印裡。因此，牠的腳印呈現一直線，就像有一條繩子繃在那裡，牠是照著繩子走或跑似的。

你看到這樣的一行腳印，如果這樣解讀：「有一隻強壯結實的狼從這裡走過去了。」

那你就錯了，應該是：「有五隻狼從這裡走過去了。」走在前面的是一隻聰明的母狼，後面跟著一隻老公狼，最後面是三隻小狼。

牠們走的時候，後面一隻狼的腳，總是踩在前面那隻狼的腳印上，而且非常準確整齊，讓你看了絕對想不到這是五隻狼的腳印。

一定得好好訓練自己的眼睛，才能成為一個善於雪地追蹤的獵人。獵人們把追查雪地上的獸跡叫做「雪地追蹤」。

樹木怎樣度過冬天

樹木會不會凍死？

當然會凍死。

如果一棵樹整個凍透了，連樹心都結冰，那就會凍死。在俄羅斯，在特別嚴峻且雪下得少的冬天，不少樹木會凍死，其中大多數是小樹。幸虧樹木有防寒抗凍的方法，不讓寒氣深入到身體內部，不然所有的樹木都要死光了。

吸收營養、生長發育、傳宗接代——這些都需要消耗大量的能量，以及大量的熱。樹木在夏天時積蓄充分的能量，到了冬天，就不再吸收營養，不再生長發育，不再把能量消耗在繁殖後代上。它們停止活動，進入深沉的睡眠。

樹葉會散發大量的熱，因此，冬天時樹木拋掉樹葉、放棄樹葉，就是為了把維持生命所不可缺少的熱，保持在自己身體裡面。再說，從樹枝上脫落的樹葉，在地上腐爛了，也會發熱，保護嬌嫩的樹根，不讓樹根凍壞。

這還不算什麼！每一棵樹都有一副鎧甲，保護植物的「皮肉」不受寒氣的侵襲。每年夏天，樹木都在樹皮下增生並累積「木栓層」。構成木栓層的細胞不透水，也不透空氣，而且細胞裡面充滿空氣，可防止熱量流失。樹的年齡越大，它的木栓層就越厚，因此老樹、粗樹的抗寒能力，比枝嫩幹細的小樹強。

樹木不是只有木栓鎧甲。如果嚴寒穿過了鎧甲，它會在植物體內遭遇到由化學物質形成的防線。冬季前，樹木在樹液裡積蓄各種鹽類和澱粉。澱粉可轉換成醣，含有鹽類和醣的溶液很能抗寒，不容易結凍。

不過，樹木最好的防寒設備，是鬆軟的雪被。大家都知道，細心的園丁故意把怕冷的小果樹彎到地上，用雪把它們埋起來，這樣，小果樹就暖和多了。在多雪的冬天，白雪像羽絨被一樣，把森林覆蓋起來；那時，不管天氣多冷，樹木都不怕。

不管嚴冬怎樣殘暴，它也凍不死我們北方的森林！我們的森林可以抵禦住一切暴風雪的襲擊。

雪底下的草地

周圍一片白色，積雪很深。一想到大地上除了積雪之外，什麼也沒有，花早已凋謝，草也乾枯了，就會讓人感到悶悶不樂。

人們通常就是這樣想的，而且還安慰自己：「唉，算了吧！反正大自然是這麼安排的！」

關於大自然，我們知道得還太少！

今天天氣晴朗暖和。我就趁這個好天氣，蹬上滑雪板，滑到我的小試驗場去清除厚厚的積雪。

等積雪清除完了，陽光照亮了滿場一月的花草。它照亮了一簇簇緊貼在冰凍地面上的小綠葉，照亮了從枯草皮下鑽出來的新鮮小尖葉，照亮了被積雪壓倒在地下的各種小綠草莖。

我在這些植物當中，找到我的一株毛茛。直到冬季來臨前，它都還開著花，現在在雪底下保全了所有的花朵和花蕾，靜候著春季的到來。

連花瓣都沒有散落！

你知道我的小試驗場上有多少種植物嗎？一共有六十二種！現在有三十六種已經是綠的了，有五種正開著花。

你還會說，一月裡的草地上沒有花，也沒有草嗎？

尼娜·巴甫洛娃

這裡的幾件林中大事，都是我們的森林通訊員在雪地追蹤時發現的。

一知半解的小狐狸

在林中的空地上，小狐狸看見了有幾行野鼠所「寫」的「小字」。

「哈哈！」牠心想：「就要有東西吃啦！」

牠也沒用鼻子好好「讀一讀」，剛才是誰來過，只瞧了幾眼，就做出結論：噢，腳印是往那裡去的，一直到那片灌木叢下。

於是牠悄悄的向灌木叢走去。

牠看見雪裡有個小東西在蠕動，一身灰不溜丟的毛皮，一根小尾巴。牠一把抓住小東西，就是一口——嘎吱！

呸！呸！呸！呸！好臭，噁心死啦！牠連忙吐出小動物，跑到一邊去吃雪，雪可以把嘴裡漱乾淨。那個氣味太難聞了。

結果，小狐狸的早飯沒吃成，倒是咬死了一隻小動物。

原來那隻小動物不是野鼠，是鼩鼱。

牠只是遠看像野鼠。近看，一眼就可以認出來：鼩鼱的嘴臉細長凸出，背脊弓起。牠是食蟲動物，跟鼴鼠、刺蝟是近親。凡是有經驗的動物，都不會去碰牠，因為牠有一股非常可怕的氣味——聞起來像麝香。

可怕的腳印

我們的森林通訊員，在樹木下發現一種腳印，爪痕長長的，看了簡直叫人害怕。腳印本身並不大，跟狐狸腳印差不多，可是爪痕又長又直，像釘子似的。要是肚皮被這樣的腳爪抓一把，一定會肚破腸流的。

通訊員小心翼翼的順著腳印走去。他們走到一個大洞口前，洞口的雪地上散落著細毛。他們仔細研究了一下。細毛又直又硬，但有彈力；顏色白色，尖端是黑的。這是人們用來做刷子的那種毛。

他們馬上明白了：住在洞裡的是獾。獾是個陰沉的傢伙，不過並不太可怕。牠大概是趁著暖和的融雪天出來遛遛。

雪底下的鳥群

兔子在沼澤地上跑跑跳跳。牠從這個草墩跳到那個草墩，又從那一個草墩跳到另一個草墩，忽然撲通一聲——一個失足，掉到雪裡，雪淹沒到牠的耳朵邊。

兔子覺得腳底下有活的東西在動彈。就在這一剎那，從牠周圍的雪底下衝出許多雷鳥，劈劈啪啪大聲拍著翅膀。兔子嚇得要死，撒腿就往回跑，逃進了森林。

原來有一群雷鳥住在沼澤地的雪底下。白天，牠們飛出來，在沼澤地上走來走去，挖雪裡的蔓越橘吃。牠們啄了一陣，又鑽回雪底下去。

在那裡，牠們既安全又暖和。躲在雪底下，有誰能發現牠們呢？

雪爆炸了，狍鹿得救了

有一次，雪地上的腳印讓我們的通訊員很傷腦筋，費盡心思卻始終猜不透這些腳印的謎團。

開頭是又小又窄的蹄印，腳步走得安安穩穩的。這行字不難解讀：有一隻狍鹿在林子裡走過，牠絲毫沒感覺到有大禍要臨頭了。

突然，這些蹄印的旁邊出現了許多帶爪痕的大腳印，於是狍鹿的腳印露出了竄跳的樣子。

這也不難理解：一隻狼從密林裡看見了狍鹿，朝牠撲過去。狍鹿飛快的從狼爪下逃走。

再往前，狼的腳印離狍鹿的腳印越來越近——狼快要追上狍鹿了。

有一棵大樹倒在地上。到了大樹旁邊，兩種腳印完全混在一起了。看來，狍鹿千鈞一髮的躍過了大樹幹，狼緊跟在牠後面也竄了過去。

樹幹的另一側，有個深坑，坑裡的積雪被搗得亂七八糟，好像這個雪坑發生了大爆炸似的。

從這裡開始，狍鹿的腳印和狼的腳印分道揚鑣了，還出現一種很大的腳印，很像人光腳的腳印，只是帶著可怕的彎彎爪痕。

雪裡埋著的是一顆什麼樣的炸彈？可怕的新腳印是誰的？狼和狍鹿為什麼要分道揚鑣？這裡發生了什麼事？

我們的通訊員花費了不少時間，苦苦思索這些問題。

後來，他們好不容易弄明白，這些帶爪痕的大腳印是誰的，這樣一來，一切就水落石出了。

狍鹿憑著牠那四條飛快的腿，輕而易舉的跳過橫在地上的樹幹，向前飛奔而去。狼跟在牠後面也跳了起來，不過沒能跳過去——身體太重了，撲通一聲，從樹幹上滑下來，四腳朝天的掉進被雪埋住的熊洞裡。原來樹幹底下有個熊洞呀！

熊正睡得迷迷糊糊，嚇了一大跳，一個縱身跳了起來，於是冰呀，雪呀，樹枝呀，往四周一陣亂飛亂舞，好像炸彈炸過一樣。熊飛也似的向樹林裡逃去，牠大概以為有獵人來獵殺牠了。

狼一個倒栽蔥跌進雪裡，看見一個又大又胖的傢伙，不由得把狍鹿也忘了，只顧自己逃命。

狍鹿呢，早就逃得無影無蹤啦！

雪海底下

初冬時節，雪下得還不多。這時候，田野和森林裡的動物最倒楣。因為地面光禿禿的，凍土越來越厚。地洞裡變冷了，連鼴鼠都受不了，凍土硬得像石頭一樣，牠那當鐵鍬用的腳爪，挖起土來費勁極了。野鼠、田鼠、伶鼬、白鼬等等，又該怎麼辦呢？

好不容易大雪紛飛，下呀下呀，下個不停。地上的積雪不再消融，一片乾燥的雪海把整個大地覆蓋起來了。人如果站在這片雪海裡，雪大約到膝蓋那麼深。榛雞、琴雞，甚至松雞，從頭到腳全埋在雪裡。田鼠、鼩鼱等不冬眠的穴居小動物，都從自己的地下住宅鑽出來，在雪海底下跑來跑去。肉食的

伶鼬不知疲倦的在雪海裡鑽來鑽去，活像一隻極小的小海豹。有時候，牠跳出雪海待一會兒，四面望望，看看有沒有榛雞從什麼地方探出頭來，之後又忽然鑽進雪海底下。牠就這樣，神不知鬼不覺的從雪下鑽到鳥跟前去。

雪海底下比雪海表面暖和多了。刺骨的寒風、嚴冬的氣息吹不進雪海裡。這厚厚的一層乾水擋住嚴寒，不讓嚴寒接近地面。許多穴居的野鼠就把自己的冬巢，直接築在被雪覆蓋的地面上，彷彿牠們冬天出洞到鄉村避寒似的。

甚至還有這樣的事：有一對田鼠用細草和毛做了一個小小的巢，就築在蓋著雪的灌木叢樹枝上。還可以看見從巢裡冒出微微的熱氣。

在厚雪下的暖和小巢裡，有幾隻剛出生的小不點兒田鼠，身上光溜溜沒有毛，眼睛也還沒睜開呢！這時候天氣非常寒冷，氣溫是攝氏零下二十度！

冬季的中午

一月裡的一個中午，陽光燦爛，白雪掩蓋著的樹林裡，靜寂無聲。在一個祕密洞穴裡，熊主人正在酣睡。熊洞上方是被雪壓得垂下來的喬木與灌木，看起來就好像一座神奇的宮殿，有著拱形圓頂、空中走廊、庭階、窗戶，還有一座有著尖頂的塔形小屋。這一切燦燦發光，數不盡的小雪花像鑽石似的閃爍著。

一隻有著錐子般的尖嘴喙、尾巴翹起來的鷦鷯，從雪地裡跳出來，拍拍翅膀，飛到雲杉頂上，發出一連串啼囀，響徹了整個樹林！

這時，在那白雪宮殿的小窗口，突然露出一隻綠濛濛的眼睛，渾渾沌沌的，想要查看是不是春天提前來臨了……

這是熊的眼睛。熊很精明，總是在洞穴入口的那一面留一扇小窗，然後面對著小窗躺下來——因為你永遠不知道，冬眠時樹林裡會發生什麼事！還好，沒什麼意外，宮殿裡一切平平安安，於是，出現在窗口的那隻眼睛消失了。

在結冰蓋雪的樹枝上，鷦鷯胡亂蹦跳了一陣，又鑽回雪被下的樹根裡去了：那裡，牠有一個用柔軟的苔蘚和絨毛做的冬巢，暖和著呢！

在嚴寒天氣裡，樹木都沉睡了。樹幹裡的血液——樹液凍結了。樹林裡，鋸子的聲音吱咯吱咯響個不停；冬天，人們都在伐木，這個季節的木材是最上等的——既乾燥，又結實。

鋸下來的木材得搬運到大大小小的河流邊，好讓木材在春天隨著河水漂出去。因此，人們要整修幾條寬闊的冰路。他們往積雪上澆水，就像在溜冰場澆水結冰那樣。

村民們正在為春天的工作做準備。他們在選種和查看農作幼苗。

田野裡一群群的灰山鶉，現在都住在打穀場附近，牠們常常飛到村莊裡來。雪那麼深，牠們不容易扒開積雪找食物吃；就算扒開了積雪，下面還有厚厚的一層冰，要用細弱的腳爪扒開冰層，更是難上加難了。

冬天要捉灰山鶉非常容易，但這是犯法的，因為法律禁止人們冬天捕捉軟弱無力的灰山鶉。

聰明而細心的獵人，冬天還餵養這些鳥呢！他們為灰山鶉在田野裡設立食堂——用雲杉樹枝搭起許多小棚子，底下撒些燕麥和大麥。

這麼一來，美麗的灰山鶉就是在最嚴寒的冬季，也不會餓死。第二年夏天，每一對灰山鶉都生蛋，孵出至少二十隻小灰山鶉來。

耕雪機

昨天，我到閃光農村去，看望我的同學——專門開拖拉機的米薩。

米薩的妻子為我開門，她這個人特別愛開玩笑。

「米薩還沒回來，」她說：「耕地去了！」

我心想：「又在跟我開玩笑，說他耕地呢！托兒所裡剛會爬的孩子大概都知道，冬天不能耕地。」

於是我也用打趣的口吻問說：「是在耕雪吧？」

「不耕雪，還能耕什麼呢？當然是耕雪嘍！」米薩的妻子回答。

我去找米薩，看到驚奇的一幕：米薩正在田裡開拖拉機，拖拉機後面拖著一個長木箱。木箱把雪攏在一起，堆成一道很結實的高牆。

「米薩，這是做什麼用的？」我問。

「這是擋風用的雪牆。要是不堆這道牆，風就會滿田裡刮來刮去，把雪全吹跑。要是沒有雪，秋播穀物會凍死的。得把田裡的雪保留住。所以，我正在耕雪呢！」

尼娜．巴甫洛娃

冬季作息時間

農村的牲畜按照冬季作息時間生活，睡覺、吃飯、散步全都照表操課。關於這個，村裡四歲的女孩告訴我：

「我和我的朋友現在都上幼兒園了，牛和馬大概也上幼兒園了吧。我們去散步的時候，牠們也去散步。我們回家的時候，牠們也回家。」

尼娜．巴甫洛娃

綠帶子

一排排挺拔的雲杉沿著鐵路線延伸了許多公里。這條「綠帶子」保護著鐵路，不讓風雪把鐵軌掩埋起來。每年春天，鐵路工人都要栽種好幾千棵小樹，擴大這條帶子。今年種了十萬多棵雲杉、槐樹和白楊，還有將近三千棵的果樹。

這些樹苗都是鐵路工人在自己的苗圃中培育出來的。

雪上的小蟲子

在陽光充足的日子，溫度計的水銀柱升到了零度。這時候，在花園裡、林蔭路上和公園裡，從雪底下爬出來許多沒有翅膀的小昆蟲。

牠們一整天都在雪上爬來爬去，一到黃昏，又躲進冰縫和雪縫裡。

牠們就住在不起眼但暖和的角落裡，像是落葉或苔蘚的下面。

這些爬來爬去的小蟲子，身體非常小、非常輕，只有用倍數很高的放大鏡，才可以看清楚牠們細長的口器、頭上奇怪的觸角和纖細的腳。

國外消息

《森林報報》編輯部收到一些國外消息——報導從我們這裡飛去的候鳥的生活詳情。

我們這裡出名的歌手——夜鶯，正在非洲中部度冬；百靈鳥現在住在埃及；椋鳥分批到法國南部、義大利和英國旅行去了。

牠們在那裡不唱歌，只關心哪裡有好吃的。牠們沒有築巢，也沒有孵蛋育雛，靜待春天的到來。到那時，牠們就可以飛回故鄉，因為「外出旅遊很好，但在家享福更好。」

擁擠的埃及

埃及是鳥類冬天的樂園。這裡有雄偉壯闊的尼羅河，支流無數，河灘上滿是淤泥；尼羅河水氾濫所及的地方，都是肥沃的牧場和農田。這裡有的是湖泊和沼澤，有鹹水的，也有淡水的；暖和的地中海，海岸曲曲彎彎，形成許多海灣。這些地方處處都有豐富的食物，可以款待千千萬萬的鳥。夏天，這裡本來已經有無數的鳥，一到冬天，我們的候鳥也飛到埃及這裡來了。

擁擠的情形令人難以想像。好像全世界的鳥類都聚集在這裡似的。湖上和尼羅河的支流上，到處都是水鳥，遠遠望去，連水面都看不見了。嘴喙下長個大囊袋的鵜鶘，跟我們的野鴨一起捉魚。我們的鴴鳥則在漂亮的紅鸛長腳間踱來踱去。要是非洲的吼海鵰，或是我們的白尾海鵰一出現，牠們就驚慌的四散奔逃了。

如果有誰在湖上開一槍，一群群形形色色的水鳥馬上就拍起翅膀飛起來，牠們製造的喧囂聲，大概要幾千面鼓一起敲才比得上。剎那之間，一大片濃濃的黑影落在湖上，因為飛起來的鳥群把太陽遮住了。

我們的候鳥在度冬的樂園裡，就這樣生活著。

國家禁獵區

我們廣大的國土上也有一處鳥類的樂園，不比非洲的埃及來得差。我們這裡的許多水鳥都在那度冬。就跟在埃及一樣，冬天你可以看見一群群的紅鸛和鵜鶘，群中摻雜著許多野鴨、大雁、鴴鳥、海鷗和猛禽。

我們說的冬天，那裡恰好沒有，沒有那種有著積雪、嚴寒和大風雪的冬天。那裡有溫暖的海，淺淺的海灣裡盡是淤泥；沿岸莞草叢生，灌木茂密；還有風平浪靜的草原湖泊。在那些地方，一年四季不缺的就是食物了。

那裡被列為保留區，不准獵人獵捕這些辛苦遷徙的候鳥。

那裡就是我們的塔雷斯基禁獵區，在裡海東南岸的亞塞拜然共和國境內，林柯拉尼亞附近。

轟動非洲南部

非洲南部發生了一件轟動一時的大事。有一群鸛從天空飛落下來，人們發現在這群鸛之中，有一隻鸛腳上戴著一個白色的金屬環。

人們把戴腳環的鸛捉住，看清楚金屬環上刻的字：「莫斯科，鳥類研究委員會，A組第一九五號。」

報紙上刊載了這個消息，因此我們知道，前些時候我們的通訊員捉到的那隻鸛冬天住在什麼地方。

科學家就用這種為鳥戴腳環的方法，探知許多鳥類生活的祕密，像是牠們在什麼地方度冬，牠們長途飛行的路線等等。

為了這個目的，世界各國的鳥類研究機構用鋁製成各種大小不同的腳環，在腳環上面刻了分發腳環的機構名稱，還刻上組別（按腳環的大小分組）和號碼。有誰捉住或打死戴著腳環的鳥，看到腳環上刻的機構名稱，就會通知該機構，或是把自己的發現刊登在報紙上。

帶小旗子打狼

幾隻狼在村莊附近竄來竄去。一會兒拖走一隻小綿羊，一會兒拖走一隻山羊。村莊裡沒有獵人，只好到城裡去找人幫忙。

就在當天晚上，從城裡來了一隊士兵，全都是打獵的能手。隨隊有兩輛載貨雪橇，雪橇上裝著粗大的捲軸，捲軸上纏滿繩子，中間隆起來，像個駝峰似的。繩子上每隔半公尺繫著一面小紅布旗。

查看狼的腳印

他們向農民打聽，狼是從哪裡到村莊的，隨後就去查看狼的腳印。那兩輛載著捲軸的雪橇，還是跟在他們的後面。

狼腳印成一條直線，從村莊裡出去，穿過農地，一直到林子裡。乍看之下，好像是一隻狼的腳印，但那些善於探查獸跡的老手仔細一看，就說走過去的狼有一窩。

等進了林子，就分成了五隻狼的腳印。獵人們看了看，然後說：走在前頭的是一隻母狼。腳印窄窄的，步伐小小的，腳爪槽是斜的——這些特點都說明腳印是母狼的。

查看完後，他們分成兩組，乘上雪橇，繞了樹林一圈。

哪兒也沒有從樹林裡出來的腳印。由此可知，這一窩狼都藏在樹林裡。得趕緊計畫圍獵。

包圍起來！

每一組獵人帶了一個捲軸。雪橇緩緩前進，捲軸旋轉著，一路放出繩子來，後面有人把繩子纏在灌木上、樹幹上或樹墩上。讓長長的小旗子離地大約三十五公分高，迎風飄揚。

兩組人在村莊附近會合。他們用繩子和小旗子把整座樹林圍起來，並囑咐農村村民們，第二天天濛濛亮時要起床，然後就去睡覺了。

夜晚時分

那天夜晚，是個寒冷的月夜。

母狼睡醒了，站起身來。公狼也站了起來。今年才出生的三隻小狼也站了起來。

四周是層層密密的樹木。一輪皓月浮在蓬鬆的雲杉樹梢上方，活像模糊的落日。

狼的肚子發出咕嚕咕嚕的聲音。

餓得難受啊！

母狼抬起頭，朝著月亮嘷叫；公狼跟著牠淒涼的叫了起來；小狼也跟著牠們發出尖細的叫聲。

村莊裡的家畜聽見狼嘷，嚇得牛哞哞的叫了起來，嚇得羊也咩咩的叫了起來。

母狼邁開了步伐，後面跟著公狼，後面跟著小狼。

牠們小心的走著，後面那隻狼的腳不偏不倚，恰好踩在前面那隻狼的腳印上。牠們穿過樹林，向村莊走去。

突然母狼站住了。公狼也站住了。小狼也站住了。

母狼一雙惡狠狠的眼睛，惶惶不安的閃爍著。牠那靈敏的鼻子，聞到一股紅布的酸澀味。牠看見前面林子邊灌木上，掛著一些模模糊糊的布片。

母狼已經上了年紀，見識過不少事情。可是這樣的光景還沒見過。不過，牠知道：哪裡有布片，那裡就有人。誰知道，也許他們躲在田裡

冬季
銀路初現月

守候著呢！

得往回走。

牠轉過身，連竄帶跳奔進密林。後面跟著公狼。再後面跟著小狼。

牠們邁開大步，穿過整座樹林，來到林邊，又站住了。

又是布片！掛在那裡，好像一條條伸出的舌頭。

這窩狼東奔西竄，一次次橫穿過樹林——這裡，那裡，到處都是布片，四處都找不到出路。

母狼覺得情況不妙，連忙逃回密林，躺了下來。公狼也躺了下來。小狼也躺了下來。

牠們走不出這個包圍了。還是餓著肚子吧！誰知道這批人打的是什麼主意？

肚子餓得咕咕叫。天好冷呀！

第二天早上

天空剛露出魚肚白，村莊裡就有兩隊人出動了。

一隊人數少，每個人都穿著大灰袍。他們繞著樹林走，把小旗子悄悄解下來，然後在灌木叢後散開，布成一字長蛇陣。這一隊是帶槍的獵人。他們穿著灰衣裳，因為其他顏色的衣裳在冬天的樹林裡都太顯眼。

人數多的一隊，是農村村民，他們手裡拿著木棒，在田裡等著。後來，司令員一聲號令，大家就鼓噪著進了樹林。他們在樹林裡一邊走，一邊互相高聲呼應，還不停的用木棒敲擊樹幹。

圍攻！

狼在密林裡打盹，忽然聽到從村莊那邊傳來一陣喧鬧聲。

母狼跳起身來，向著與村莊相反的方向逃去。公狼跟在母狼後面。小狼跟在公狼後面。

牠們脖頸上的鬃毛豎了起來，尾巴緊夾著，兩隻耳朵向後背著，眼睛直冒火。

到了樹林邊，只見一片片的紅布片。

轉身往回逃！

鼓噪聲越來越近。聽得出，有大批的人殺來了，木棒敲得震天響。

牠們沒有停下腳步！

又來到了樹林邊。這裡沒有紅布片。

往前奔呀！

於是，這窩狼正好衝向等在那裡的獵人——

從灌木叢後噴出一道道火光，槍聲乒乒乓乓響了起來。公狼往前一躍，撲通一聲跌在地上。小狼滿地打滾，尖聲怪叫著。

士兵的槍打得準，小狼一隻也沒逃脫，只有老母狼不知去向了——怎麼逃走的，誰也沒看見。

從此以後，村莊裡再也沒有牲畜失蹤了。

獵狐狸

一個有經驗的獵人，是有好眼力的。就拿關於狐狸的知識來說吧，他只要看看狐狸的腳印，就什麼都明白了！

一天早晨，塞索伊奇走出家門，這時剛下過頭一場雪，地上鋪著薄薄一層積雪。他遠遠的看到田裡有一行狐狸的腳印，清清楚楚、整整齊齊。這位個子矮小的獵人不慌不忙的來到腳印旁，站在那裡，沉思了一會兒。他卸下滑雪板，一條腿跪在滑雪板上，把一個手指頭彎起來，伸進狐狸腳印的窪裡，橫裡探探，豎裡探探。

他想了又想，然後套上滑雪板，順著腳印滑去，一路盯著腳印看。他一會兒隱進灌木叢，一會兒又從灌木叢裡鑽出來，後來滑到一個小樹林邊，仍舊從容不迫的繞小樹林滑了一圈。

他從林子那頭一出來，就立刻加快速度，奔回村莊裡去了。他也不用靠滑雪杖的幫助，飛也似的在雪上滑行著。

冬季的白晝很短，而他光是查看腳印，就花費了足足兩個鐘頭。但是塞索伊奇已經暗暗下定決心，今天非捉住這隻狐狸不可。

他向我們這裡的另外一個獵人——謝爾蓋住的小房子跑去。謝爾蓋的母親從小窗裡望見他，就走了出來，站在門口，先開口跟他說：

「我兒子不在家。他沒告訴我去哪裡了！」

塞索伊奇知道老太太不想說出謝爾蓋的行蹤，只笑了笑，然後說：

「我知道，我知道。他在安德烈家裡。」

塞索伊奇真的在安德烈家裡找到了兩位年輕獵人。

他一走進去，他倆就不說話了，露出很尷尬的樣子。謝爾蓋甚至還從板凳上站了起來，想用身體遮住一個捲著小紅旗的大捲軸。

「得了吧，小伙子們，不用偷偷摸摸的了，」塞索伊奇單刀直入的說：「我全都知道啦。昨天夜裡，星火農村裡被狐狸拖走了一隻鵝。現在狐狸躲在哪裡，我也知道。」

這幾句話，把兩個年輕的獵人弄得張口結舌。還只在半個鐘頭前，謝爾蓋碰到鄰近的星火農村裡一個熟人，聽說昨天夜裡，他們那裡被狐狸拖走了一隻鵝。謝爾蓋聽到後，就趕緊來告訴他的朋友安德烈。他倆剛剛商量好，怎樣去尋找那隻狐狸，怎樣趁早下手把牠捉住，免得被塞索伊奇聽到風聲。誰知道說人人到，而且塞索伊奇還什麼都知道了。

安德烈先開腔：

「是哪個婆婆媽媽多嘴多舌，告訴你的吧？」

塞索伊奇冷笑一聲說：

「婆婆媽媽恐怕一輩子也弄不明白這些事。是我看腳印看出來的。現在我講給你們聽：第一，這是一隻老的公狐狸，個頭很大。腳印圓圓的，清清楚楚，走路不會像小狐狸那樣亂踩雪。牠的腳印很大，拖著一隻鵝從星火農村出來，走到一處灌木叢裡，把鵝吃光了。我已經找到那個地方了。這隻公狐狸很狡猾，身體胖，毛皮厚，那張皮可值錢啦！」

謝爾蓋和安德烈彼此使了個眼色。

「怎麼？難道這些都寫在腳印上面嗎？」

「當然嘍！如果這是一隻瘦狐狸，吃得半飢不飽的，那牠身上的毛皮就又薄又沒有光澤。可是老狐狸呢，生性狡猾，吃得飽飽的，長得肥肥的，牠的毛皮是又厚又密，漆黑有光。那張皮就非常值錢！飽狐狸跟餓狐狸的腳印也不一樣呀！飽狐狸走起路來，步伐輕鬆，好像貓兒一樣靈巧，後腳踩在前腳的腳印上，一步是一步，整整齊齊的一行。告訴你們吧：像那樣的一張毛皮，在列寧格勒毛皮收購站，人家會搶著買，出大價錢呢！」

塞索伊奇停了下來。謝爾蓋和安德烈又彼此使了個眼色，一起走到牆角，小聲嘀咕了一會兒。

隨後，安德烈對塞索伊奇說：

「好吧，塞索伊奇，你乾脆直說吧，是不是想找我們合夥？我們沒意見啊！你瞧，我們也聽到了風聲，連小旗子都準備好了。我們原本是想搶在你前頭的，沒成功。那麼這會兒就一言為定：我們合作吧！」

「第一次圍攻，打死算你們的。」塞索伊奇大大方方的說：「要是讓牠跑掉了，那八成就別想再來第二次圍攻了。這隻老狐狸不是我們本地的，只是路過這裡。我們本地的狐狸，我知道，沒這麼大個兒的。牠聽見一聲槍響，就會逃得無影無蹤，找兩天也別想找到牠。小旗子也最好留在家裡，老狐狸狡猾得很！牠讓人家圍獵，大概也不止一回了，每回都被牠跑掉了。」

可是兩個年輕的獵人堅持要帶小旗子。他們說，帶著旗子妥當些。

「好吧！」塞索伊奇點了點頭說：「你們高興怎麼辦，就怎麼辦！快走吧！」

謝爾蓋和安德烈立刻打點起來，扛出兩個捲小旗子的大捲軸，拴在雪橇上。趁這個時候，塞索伊奇跑回家一趟，換了衣服，找來五個年輕的村民，叫他們幫忙圍趕。

這三個獵人都在短皮大衣外面，套上了灰罩衫。

「我們是去打狐狸，不是打兔子，」在半路上，塞索伊奇教導他們說：「兔子有點糊里糊塗的。可是狐狸呢，鼻子比兔子的靈得多，眼睛也尖得出奇。只要讓牠看出一點什麼來，馬上就逃得連影子都沒啦！」

大家跑得很快，一會兒就到了狐狸躲藏的那片小樹林。一伙人分散開來：圍趕的人站好了地方；謝爾蓋和安德烈帶了捲軸，往左繞著小林子走，一起掛起小旗子來；塞索伊奇帶了另一個捲軸往右走。

「你們可要注意看，」要分開走之前，塞索伊奇提醒他們：「看有沒有走出樹林的腳印。要輕手輕腳的，別弄出聲音。老狐狸可機靈呢！只要聽到一點動靜，牠馬上就會採取行動。」

過了一會兒，三個獵人在小樹林的一邊碰了頭。

「弄好了嗎？」塞索伊奇低聲的問。

「都弄好了，」謝爾蓋和安德烈回答：「我們都仔細看過了，沒有出林子的腳印。」

「我也沒看見。」

他們留下一段大約一百五十多步寬的通道沒掛小旗子。塞索伊奇囑咐兩個年輕獵人，他們最好站在什麼地方守候，他自己又踏上滑雪板，悄悄的滑回圍趕的人們那裡去。

過了半個鐘頭，圍獵開始了。六個人分散開來，布成一道半圓形的驅趕線，朝小樹林裡包抄過去，不停的互相低聲呼應，還用木棒敲樹幹。塞索伊奇走在中間，不時的整頓這道驅趕線。

林子裡寂靜無聲。人擦過樹枝時，樹枝上無聲無息的落下一團團鬆軟的積雪。

塞索伊奇緊張的等待兩個年輕獵人的槍聲——雖然這兩個人是他的老伙伴，他還是放心不下。那隻公狐狸很稀罕，這一點，經驗豐富的老獵人毫不懷疑。這個機會要是錯過了，以後再也碰不到這樣的狐狸了。

他已經走到了小樹林中間，但還沒有聽見槍聲。

「怎麼了？」塞索伊奇一邊從樹幹間穿過去，一邊提心吊膽的想：「狐狸早就該跑出來，竄上通道了。」

現在走到樹林邊了。安德烈和謝爾蓋從躲藏的小雲杉後面走出來。

「沒有嗎？」塞索伊奇問道，他不再把聲音放低了。

「沒看見。」

小個子獵人一句話也沒多說，就往回跑，他要去檢查一下包圍線。

「喂！到這裡來！」幾分鐘後，傳來了他氣呼呼的聲音。

大家都走到他跟前來了。

「還叫做追蹤獸跡的獵人呢！」小個子惡狠狠的朝著年輕獵人，從牙縫裡擠出這麼一句話：「你們說沒有出林子的腳印，那這是什麼？」

「兔子的腳印。」謝爾蓋和安德烈異口同聲的回答：「難道我們不知道嗎？剛才我們包圍的時候，就看見了。」

「那兔子腳印裡頭呢，兔子腳印裡頭是什麼？你們這兩個傻瓜，我早就跟你們說過了：這隻狐狸非常狡猾！」

兔子長長的後腳印裡隱隱約約可以看出，還有別種動物的腳印——比兔子的後腳印圓一些，短一些。兩個年輕獵人瞧了半天，才瞧出來。

「狐狸為了掩飾自己的腳印，常常踩著兔子腳印走，難道你們不知道嗎？」塞索伊奇一個勁兒冒火：「你們看，牠一步是一步，步步都踩在兔子的腳印上。你們這兩個睜眼瞎子！讓你們白糟蹋多少時間！」

塞索伊奇吩咐把小旗子留在原來的地方，自己先順著腳印跑去了。其餘的人都默默的緊跟在他後面。

進了灌木叢，狐狸腳印就跟兔子腳印分開了。這行腳印清清楚楚，他們跟著這狡猾狐狸的腳印繞了好多圈圈。

陰暗的冬季白晝快結束了，太陽掛在淡紫色的雲上，黯淡無光。大家都垂頭喪氣：這一天的勞動算白費了。腳上的滑雪板變得沉重起來。

突然，塞索伊奇站住了。他指著前面一片小樹林，低聲說：

「老狐狸在這裡，前面五公里都是田野，像一張白布似的，沒有樹叢，也沒有溪谷。狐狸要跑過這樣一大塊空曠的地方，對牠很不利。我敢拿腦袋打賭，牠一定在這裡。」

兩個年輕獵人一下子振作起來，把槍從肩上放了下來。

塞索伊奇吩咐安德烈和三個圍趕人，從小樹林右邊包抄過去，謝爾蓋和兩個圍趕人，從小樹林左邊包抄過去。大家同時走進了小樹林。

等他們走了以後，塞索伊奇自己悄悄的溜到林子中間。他知道，那裡有一小塊空地。老狐狸絕不會待在這沒遮掩的地方。但是，不論牠朝哪個方向穿過小樹林，免不了都要跑過這塊空地。

這塊空地當中，有一棵高大的雲杉，旁邊有一棵枯木倒在它粗大茂密的樹枝上。

塞索伊奇的腦子裡閃過這樣一個主意：順著傾倒的枯木，爬到大雲杉樹上去。這樣居高臨下，不管老狐狸往哪兒跑，都可以看得見。空地周圍只有一些矮小的雲杉，再來就是光禿禿的山楊和白樺。

但是，這位老練的獵人隨即放棄了這個念頭。他心想：趁他爬樹的時候，狐狸早就跑掉了，而且從樹上開槍也不方便。

塞索伊奇在雲杉樹旁停住腳步，站到兩棵小雲杉之間的一截樹墩上，扳下雙筒槍的擊錘，仔細向四下張望。

圍趕人低低的呼應聲，差不多在四面八方同時響了起來。

塞索伊奇滿心以為，而且確實知道：那隻非常值錢的動物一定在這裡，就在他旁邊，牠隨時都可能出現，可是當一團棕紅色的毛皮在樹幹間閃過的時候，他還是打了個冷顫。出乎意料之外，那隻動物直接竄到毫無遮蔽的空地上去了，塞索伊奇差一點開槍。

不能開槍——那不是狐狸，是一隻兔子。

兔子在雪地上坐了下來，驚惶的抖動著耳朵。

四面八方的人聲越來越近了。

兔子跳進了密林，逃得不知去向。

塞索伊奇又集中全部注意力，守候著。

從右邊突然傳來一聲槍響。

打死了嗎？還是打傷了？

從左邊傳來第二聲槍響。

塞索伊奇放下了槍。他心想：不是謝爾蓋，就是安德烈，反正總有一個人把狐狸打死了。

不一會兒，圍趕人走到空地上來了。謝爾蓋和他們在一起，一臉尷尬的樣子。

「沒打中？」塞索伊奇陰鬱的問。

「在灌木後頭，怎麼打得中……」

「瞧你……」

「這不是嗎？」從他們背後傳來了安德烈嘻嘻哈哈的聲音：「沒被牠逃走啊！」

年輕的獵人走過來，把一隻打死的……兔子，扔在塞索伊奇腳下。

塞索伊奇張開嘴巴，一句話也沒說出來，又閉上了。圍趕的人都莫名其妙的看著這三位獵人。

「好啊！好運氣！」後來，塞索伊奇終於平平靜靜的說：「現在，大家都回家去吧！」

「狐狸呢？」謝爾蓋問。

「你看見狐狸了嗎？」塞索伊奇反問。

「沒有，沒看見。我打的也是兔子，兔子在灌木後頭，那樣……」

塞索伊奇只把手一揮。他說：

「我看見了：狐狸被山雀抓到天上去了。」

當大家走出空地的時候，小個子獵人獨自落在後面。這會兒天還沒有暗下來，還可以看清楚雪地上的腳印。

塞索伊奇繞空地走了一圈，走得很慢，走幾步，停一停。

狐狸和兔子進入空地的腳印，清清楚楚的印在雪地上，塞索伊奇細心查看著狐狸的腳印。

沒有，狐狸並沒有一步一步的踩著自己原來的腳印往回走。狐狸也沒有這樣的習慣。

出了這塊空地，腳印就完全沒有了，沒有兔子的，也沒有狐狸的。

塞索伊奇在小樹墩上坐了下來，雙手捧著頭，思索起來。終於一個很平凡的想法湧入他的腦海：也許這隻狐狸在空地上挖了個洞，就躲在洞裡。這一點，剛才獵人完全沒想到。

但是，當塞索伊奇想到這個念頭，抬起頭來時，天已經黑了。在黑暗裡，可別想看見這隻狡猾的畜生。

塞索伊奇只好回家去了。

動物有時候會給人一些超級困難的謎題，有些人就被難住了。塞索伊奇可不是這種人。就算是自古在各民族傳說中以狡猾出名的狐狸，也難不倒他。

第二天早晨，小個子獵人又來到昨天狐狸失蹤的那塊空地。現在，看到狐狸出空地的腳印了。

塞索伊奇順著腳印走去，想找到不知在哪兒的狐狸洞。但是，狐狸的腳印把他引領到空地中央來了。一行清清楚楚、整整齊齊的腳印，通向傾倒的枯樹，順著樹幹上去，消失在茂盛的大雲杉密密的針葉之間。那裡離地約八公尺高，有一根寬寬的樹枝，上面一點積雪也沒有：積雪被一隻在那裡睡過的動物擦掉了。

原來昨天塞索伊奇在這裡守候老狐狸的時候，老狐狸就躺在他的上方。如果狐狸會笑的話，牠一定會笑小個子獵人，笑得合不攏嘴。

不過，經過這一次事情以後，塞索伊奇一點也不懷疑狐狸是不是會笑——既然狐狸會上樹，那牠們一定也會大笑。

本報特約通訊員

大家注意！

我們是列寧格勒《森林報報》編輯部。

今天，十二月二十二日，是「冬至」。現在，我們跟全國各地舉行今年最後一次的無線電通報。

我們邀請苔原、草原、森林、沙漠、山岳，以及海洋，都來參加無線電通報。

現在正是隆冬，今天是一年之中白晝最短、黑夜最長的一天。

請講一講，現在你們那裡發生了哪些事？

這裡是北冰洋極北群島！

我們這裡正是黑夜最長的時候。太陽已向我們告別，落到海洋裡去了，在春天來臨之前，太陽再也不會出來了。

海洋被冰封了起來。在我們這裡島嶼的苔原上，也到處是冰雪。

還有哪些動物留在我們這裡度冬呢？

海豹在海洋冰層底下住著。趁冰還是薄薄的時候，牠們在冰上為自己開了通氣孔，盡力使這些通氣孔保持暢通無阻，一有薄冰把通氣孔封上，牠們馬上用嘴打通。海豹透過這些通氣孔呼吸新鮮空氣，有時也會爬出冰洞，到冰上面歇一會兒，睡一會兒。

這時候，公北極熊會偷偷向牠們走過來。公北極熊跟母北極熊不一樣，牠們不冬眠，不會鑽到冰窟窿裡去躲避冬天。

尾巴短短的兔尾鼠在苔原積雪底下住著。牠們在雪底下挖了一條條的通道，啃食那些埋在雪裡的細草。這時候，雪白的北極狐就來尋找牠們，用鼻子追蹤牠們，把牠們從雪底下刨出來。

北極狐還可以吃到野禽——岩雷鳥。當岩雷鳥鑽入雪裡睡覺時，鼻子靈敏的北極狐悄悄走過去，很容易就能捉住牠們。

這裡總是夜晚，漆黑一片。沒有太陽，我們怎麼能看見東西呢？原來我們這裡即使沒有太陽，也還是挺亮的。第一，該有月亮的時候，就月明如洗。第二，我們這裡常有北極光，在天空閃爍著。

這種神奇的光，變幻著各種顏色，一會兒像條飄動飛舞的寬帶子，沿著北極方向的天空鋪展開來，一會兒像瀑布似的直瀉而下，一會兒像根柱子或像柄劍似的高高聳起。最潔淨的白雪在北極光下面輝煌閃耀，光芒四射。這時，天空就亮得幾乎像白晝。

天冷嗎？沒錯，冷得要命。刮大風。暴風雪。那個大風雪呀！一刮就把我們的小屋子埋在雪裡了。搞得我們一連六、七天都不能往門外探頭。不過，我們俄國人很勇敢，我們一年比一年更深入北冰洋的北部；俄國北極探險隊員甚至早已在研究北極了。

這裡是頓巴斯草原！

我們這裡也在下小雪呢。我們可不在乎，因為我們這裡的冬天並不長，也不可怕，甚至不是所有的河流都會結冰。

野鴨從各處湖泊飛到這裡來，不想再往南飛了。禿鼻鴉從北方飛到這裡，逗留在各個市鎮上、城市裡。牠們在這裡有的是東西吃，可以一直住到三月中旬。然後飛回故鄉去。

在我們這裡度冬的，還有從遙遠苔原飛來的小客人：雪鵐、角百靈以及個頭很大的雪鴞。雪鴞白天出來獵食——不這樣，牠夏天在苔原怎樣生活呢？因為，苔原的夏天一直都是白晝，沒有黑夜。

冬天時，空曠的草原覆蓋著白雪，人在地上、田裡沒有事情要忙。但是，在地底下，我們的工作可多著呢：在深深的礦井裡，我們忙著用機器挖煤，用電力升降機把煤送上地面，用火車把煤送到全國各地去、送到大小工廠去。

這裡是原始森林！

我們新西伯利亞這裡的森林，雪越積越厚了。獵人們踏上滑雪板，成群結隊的到森林裡去。他們拖著一輛輛雪橇，雪橇上載著食物和其他生活必需品。有許多獵狗跑在他們前面，這些獵狗都是萊卡犬，牠們有豎起的尖耳朵和蓬鬆的捲尾巴。

森林裡有很多很多藍灰色的松鼠、珍貴的紫貂、毛茸茸的大山貓、雪兔、碩大的麋鹿、紅褐色的黃鼬——最上等的畫筆就是用黃鼬的毛做的、白色的白鼬——從前沙皇的斗篷就是用白鼬的毛皮做的，現在人們用白鼬的毛皮為孩子做帽子。還有很多很多火紅色和棕黑色的狐狸，以及美味的榛雞和松雞。

熊早已在牠那隱密的熊洞裡睡沉了。

獵人們在森林裡一待就是幾個月不出來，在那裡的小木房過夜。冬天的白晝很短，他們每天忙著張網、設陷阱來捕捉飛禽走獸。這時候，他們的萊卡犬就在森林裡跑來跑去，東聞西聞，東看西看，尋找松雞、松鼠、黃鼬、麋鹿，或是睡得正香的熊。

獵人們回家的時候，他們的雪橇上會滿載獵物。

這裡是卡拉庫姆沙漠！

春秋兩季，沙漠並不是荒漠——而是到處充滿了生命。

夏冬兩季，沙漠裡死氣沉沉。夏天，鳥獸在沙漠裡找不到食物吃，而且非常的熱；冬天，沙漠裡也找不到東西吃，而且冷到難以忍受。

一到冬天，飛禽就飛走了，走獸也跑掉了，全都逃離這個可怕的地方。徒有明亮的南方太陽，升到這無邊無垠，覆蓋著雪的平原上來；沒有飛禽，也沒有走獸去欣賞那晴朗的天空。太陽雖然會把積雪融化，但雪底下的沙子也是一片死寂。烏龜、蜥蜴、蛇、昆蟲，甚至恆溫動物，像是野鼠、黃鼠、跳鼠等都不活動了，躲到地下深處冬眠。

凶猛的風在曠野裡任意遊蕩，沒有誰來阻攔它；冬天時，風就是沙漠的主人。

不過，這情形不是永久的。人正在征服沙漠：開鑿灌溉溝渠、植樹造林。以後，即使是夏冬兩季，沙漠也不會是死氣沉沉的了。

這裡是高加索山區！

在我們這裡，冬天裡有冬天和夏天，夏天裡有夏天和冬天。

我們有極高的山峰，常年覆蓋著冰雪，像喀山和厄爾布魯士山那樣目空一切的高聳雲霄，甚至夏天灼熱的太陽，也無法將山上的積雪和冰岩融化。但是冬天的寒氣也征服不了這裡有群山屏障、百花盛開的谷地和海濱。

冬天只能把膽羚、野山羊、野綿羊從山頂趕到山腰，再往下趕的力量就沒有了。冬天，山上開始下雪，山下谷地裡下的卻是溫暖的雨。

在果園裡，我們剛剛採下橘子、柳橙、檸檬。在花

園裡，還盛開著玫瑰，蜜蜂嗡嗡的飛來飛去。在向陽的山坡上，第一批春花開放了，有白色花瓣包著綠色花瓣的雪花蓮，有黃色的蒲公英。在這裡，一年四季鮮花盛開，母雞一年四季下蛋。

冬天，飛禽走獸開始挨餓受凍的時候，牠們用不著遠走高飛，遠離夏天居住的地方，只要從山頂下到半山腰或山腳、谷地裡來，就可以得到溫飽了。

我們高加索收留了多少有翅膀的客人呀——那些逃避北方嚴寒、到這裡避冬的難民，都得到了溫飽！

到這裡來的，有燕雀、椋鳥、百靈鳥、野鴨，還有長嘴喙的山鷸。

儘管今天是冬至日，儘管今天是一年之中白晝最短、黑夜最長的一天，可是明天就是白天陽光燦爛、夜晚滿天星斗的新年了。在我國的一端——北冰洋，我們的朋友們連門都出不了：那裡的風雪是那麼大，天氣是那麼冷。可是，在我國的另一端，我們出門連大衣都不用穿，只穿一點衣服就覺得暖和舒適。我們觀賞著高聳在空中的群山，細細的一彎月牙，懸掛在山頭萬里無雲的晴空上；我們也能享受大海的波浪，輕輕的在我們腳下拍濺著。

這裡是黑海！

是啊，今天黑海的微波輕輕的拍著海岸，在溫柔微波的蕩漾中，沙灘上的鵝卵石滾動著，發出瞌睡矇矓的催眠聲。暗沉沉的水面上，映出細細的一彎月牙。暴風的季節早已過去。那時，我們這裡的大海洶湧，白浪滔天。狂濤怒浪瘋狂的衝擊著岩石，轟隆隆、嘩啦啦的吼叫著，遠遠的拍打到岸上。那時是秋天。一到冬天，大風就很少來騷擾我們了。

黑海沒有真正的冬天，只是海水稍微變涼一點，再來就是北海岸一帶，短時期結上薄冰。我們的大海一年四季都在狂歡：活潑快樂的海豚在海裡嬉戲著，黑色的鸕鷀在水裡鑽出鑽進，白色的海鷗在海上飛翔。

一年四季，海面上都有我們漂亮的大汽船和輪船在來來往往、快艇在疾駛，還有輕便的帆船在航行。

飛來這裡度冬的，有潛鳥，各式各樣的潛鴨，還有嘴喙下面有個便於盛魚的大囊袋且體型肥碩的鵜鶘。這裡的海，冬天並不比夏天寂寞。

我們是列寧格勒《森林報報》編輯部。

你們看，俄羅斯有這麼不同的春夏秋冬。這都是我們的春夏秋冬，都是我國的一部分。

你自己選喜歡的地方吧！反正不論你到哪兒去，不論你在哪裡住下來，等待著你的都是良辰美景和特別的任務：你可以勘察、研究和發現我們國土上新的美景和新的資源，從而建立更美好的生活。

我們今年第四次，也是最後一次，全國各地無線電通報到此結束。

再會！再會！明年再會！

森林布告欄

招待貴賓——山雀和鳲

山雀和鳲愛吃油。只要不是鹹的都可以；牠們吃了鹹的東西，會吃壞肚子。

誰要是想邀請這些又可愛、又有趣的小鳥到家裡去作客，為了欣賞牠們，同時在牠們鬧饑荒的時候接濟牠們，就得這麼做：拿一根小棒子，在小棒子上鑽一排小洞，往小洞裡灌熟豬油或熟牛油。等油凝固後，把小棒子掛在窗戶外，最好是掛在窗外的樹上。

這些活潑愉快的小客人不會讓主人久候，而且為了感激主人的款待，牠們會表演小把戲：在樹枝上打轉、翻筋斗、向旁跳躍，和其他的小把戲。

森林自修課

人人都能自學。

你只要一邊走，一邊仔細查看：哪一種飛禽、哪一種走獸在雪地上留下了什麼樣的腳印。

這樣，你就可以學會讀那本偉大的白色「冬天之書」。

救救森林中的小朋友

日子實在太難過了！冬天，鳴禽和其他鳥類要尋找一個能夠躲避嚴寒，躲避冬天可怕冷風的地方——找不到的話，牠們就凍死了。

救命呀！救命呀！快來拯救牠們吧！

為鳥造過夜的樹洞；在田裡，用雲杉樹枝和稻草捆小棚子給灰山鶉吧！為鳥開設免費食堂吧！

第十次競賽

☆射箭要打中靶心！答案要對準題目！

1. 冬至這一天有什麼特點？
2. 哪些食肉動物的腳印沒有爪痕？為什麼？
3. 從列寧格勒飛走的候鳥，冬天在南方會築巢嗎？
4. 樹木在冬天會生長嗎？
5. 為什麼獵人們最重視剛下過雪後的打獵？
6. 哪幾種鳥會鑽入雪裡過夜？
7. 冬天時，獵人在田野和森林裡穿什麼顏色的衣服最有利？
8. 哪種小動物會散發可怕的氣味，狐狸不會吃牠？
9. 哪一種動物的腳印像人的腳印？

⑩ 狗怎樣讀積雪大地上的「冬天之書」？

⑪ 一件大袍，空中飄搖，沒襟沒鈕，誰也不要。（謎語）

⑫ 在雪地裡飛奔，卻沒留下腳印。（謎語）

⑬ 門外有個怪老頭，遇到熱氣就逃走，自己不肯歇歇腳，也不許別人逗留。（謎語）

⑭ 跟玻璃一樣乾淨，跟玻璃一樣晶瑩；買不值錢，賣也不值錢；從什麼變的，還變回什麼。（謎語）

⑮ 飛呀飛呀飛個不停，轉呀轉呀轉個不休，從空中向全世界怒吼。（謎語）

第11期

飢餓難熬月

冬季第二月

1月21日～2月20日

太陽的詩篇

人們說，一月是從冬到春的轉折點，一年的開始，冬季的中心。新年一到，白晝好像兔子猛然往前一跳——變長了。大地、森林和水，一切都被白雪覆蓋起來，周圍一切都陷入彷彿長眠似的沉睡。

生命遇到困難的時刻，會巧妙的佯裝死亡。花草樹木都停止發育生長了，但是並沒有死亡。

在死氣沉沉的白雪覆蓋下，它們蘊藏著頑強的生命力，尤其是生長與開花的力量。松樹和雲杉把它們的種子緊握在小拳頭般的毬果裡，保存得好好的。

變溫動物躲的躲，藏的藏，凍僵了，不動了。但是牠們都沒有死，甚至像蛾這樣嬌弱的小動物也沒有死，而是鑽到各種不同的「避難所」裡去了。

鳥類的血液特別熱，牠們從來不冬眠。許多動物，甚至像纖小的野鼠，都是整個冬天跑來跑去。而睡在深雪下熊洞裡的母熊，在一月的嚴寒時節，竟產下了一窩還沒睜開眼睛的小熊，雖然整個冬天牠自己什麼也不吃，卻仍然餵奶給小熊，一直餵到開春，這豈不是一件怪事嗎？

林子裡好冷啊！

冰冷的風在空曠的田野裡遊蕩，在滿林子光禿禿的白樺和山楊之間亂竄。冷風鑽入飛禽走獸緊密的羽毛和毛皮，把牠們的血都吹涼了。

牠們不能站在地上，也不能棲在枝頭，因為到處冰封積雪，腳爪凍得受不了啊！得跑著，跳著，飛著，想辦法取暖。

誰要是有暖和、舒適的洞穴或巢，有儲滿食物的倉庫，那牠的日子也是好過的。牠可以吃得飽飽，把身體蜷作一團，蒙起頭來睡大覺。

吃飽的不怕冷

飛禽走獸只要吃飽了，就什麼也不怕。一頓

飽飯會從身體內部發熱，使血液變得更熱一些，一股暖氣在全身血脈中傳播。皮下的一層脂肪，是暖和的毛皮大衣或羽絨大衣最好的內裡。寒氣能透過毛皮，鑽進羽毛，但絕對穿不過皮下的那層脂肪。

如果食物充足，冬天就不可怕。可是，冬天裡到哪兒去找食物呢？

狼和狐狸滿林子徘徊，林子裡空空蕩蕩的。

烏獸有的藏起來了，有的飛走了。白天，烏鴉飛來飛去；夜晚，貓頭鷹飛來飛去——牠們在尋找食物，可是，找不到食物啊！

在林子裡餓得好難受，餓得好難受呀！

一個跟著一個

烏鴉最先發現一具馬屍。

「呱！呱！」飛來一大群烏鴉，準備落下來吃晚飯。

這時已經是黃昏時分，天逐漸黑下來，月亮出來了。

忽然，有誰在林子裡嘆了口氣：

「嗚咕……嗚，嗚，嗚……」

烏鴉飛走了。一隻貓頭鷹從林子裡飛出來，落在馬屍上。

牠的嘴喙撕著肉，耳羽抖呀抖的，眼皮眨呀眨的，剛想飽餐一頓，忽然雪地上發出一陣沙沙的腳步聲。

貓頭鷹飛上了樹。一隻狐狸來到馬屍跟前。

喀嚓喀嚓一陣牙齒響。牠還沒來得及吃飽，來了一隻狼。

狐狸逃進了灌木叢，狼撲到馬屍上。牠豎起渾身的毛，牙齒像小刀子似的，剮著一塊塊馬肉，吃得心滿意足，喉嚨呼嚕呼嚕直響，連周圍的聲音都聽不見了。過一會兒，牠抬起頭，把牙齒咬得咯咯的響，好像在說：「別過來！」接著，又大吃起來。

突然在牠頭上傳出一聲怪叫，狼嚇得跌了個屁股著地，趕緊夾起大尾巴，一溜煙的逃走了。

原來是森林的主人——熊，大駕光臨了。

這回誰也休想走近了。

黑夜將盡時，熊吃完這頓飯，睡覺去了。

狼可是夾著尾巴，一直靜候著呢。

熊剛走，狼就來到了馬屍旁。

狼吃飽了，狐狸來了。

狐狸吃飽了，貓頭鷹飛來了。

貓頭鷹吃飽了，這時烏鴉又飛過來了。

這時候，天也快亮了，這一頓免費的盛宴被吃得一乾二淨，只剩下一點殘餘的骨頭。

植物的芽在哪裡越冬？

現在，所有植物都在休眠狀態。可是它們都準備好迎接春天，準備好開始發芽。

它們的芽在哪裡越冬呢？

樹木的芽在離地面很高的地方越冬，草的芽則有自己的越冬方法。

例如繁縷的芽長在枯莖的葉腋，也就是莖和葉子相接的地方。它的芽還活著呢，顏色是綠的，葉子卻在秋天就枯黃了，整株植物好像死了似的。但是蝶須、卷耳、委陵菜以及許多其他低矮小草，不僅在積雪下保全了芽，而且還把自己保存得完整無恙，準備渾身碧綠的迎接春天。

這些小草的芽都是在地上越冬，雖然離地不是很高。

其他草的芽還有不同的越冬方法。

去年的蒿、旋花、多花野豌豆、金蓮花和驢蹄草，這會兒在地上什麼也沒留下，只剩下半腐爛的莖和葉。

如果要尋找它們的芽，你可以在緊挨著地面的地方找到。

野草莓、蒲公英、菽草、酸模、蓍草等的芽，也在地面上越冬，不過，這些芽有小小的綠葉包裹著。這些草也準備渾身碧綠的從雪底下露面。還有許多草把芽保藏在地底下越冬。銀蓮花、鈴蘭、舞鶴草、柳穿魚、柳蘭、款冬等的芽，在根莖上越冬；野生大蒜、頂冰花等的芽，在鱗莖上度冬；紫堇的芽在塊莖上越冬。

生長在陸地上的植物，芽就在這些地方越冬。水生植物的芽，則埋在池底或湖底的淤泥裡越冬。

尼娜．巴甫洛娃

小木屋裡的大山雀

在飢餓難熬的歲月裡，各種飛鳥和林中走獸，都往人們的住宅附近聚集。在這裡比較容易弄到食物，靠一些垃圾生活。

飢餓會使鳥獸忘掉恐懼。膽小的林中居民，變得不再怕人了。

琴雞和灰山鶉偷偷的跑到打穀場和穀倉裡來。歐洲野兔跑到村邊的乾草垛裡來吃乾草。我們《森林報報》通訊員住的小木屋，有一天，門打開來，竟然有一隻黃色羽毛，白頰，胸脯上有黑條紋的大山雀飛進屋子裡。牠對人毫不理會，只顧動作輕快的啄食餐桌上的食物屑粒。

屋子主人關上門，那隻大山雀也就成了俘虜。

牠在小木屋裡住了整整一星期。沒人驚動牠，也沒人餵牠，可是牠一天比一天胖起來了。牠整天在屋子裡尋找食物，搜尋蟋蟀、睡在木板縫裡的蒼蠅，啄食食物屑粒；夜晚就睡在俄國式大火炕後面的裂縫裡。

過了幾天，牠把蒼蠅、蟑螂都捉光了，就啄起麵包來；書呀，小盒子呀，軟木塞呀，不管是什麼東西，只要被牠看見，就會被牠啄壞。

這時，屋子主人只好打開門，把這位小巧玲瓏的不速之客趕出去。

我們怎樣去打獵

大清早，我跟著爸爸去打獵。早晨好冷啊！雪地上有很多腳印。爸爸說：「這是新腳印。離這裡不遠，一定有一隻兔子。」

爸爸叫我順著腳印走，他自己在那等。兔子如果被人從躲藏的地方趕出來，往往先兜個圈子，然後順著自己的腳印往回跑。

我開始追蹤腳印，腳印很長，我就跟著腳印一直往前。不一會兒，我就把兔子趕出來了。牠躲在一棵柳樹下面。受了驚擾的兔子兜了個圈子，然後順著自己的腳印跑去。我焦急的等待槍聲。過了一分鐘，又過了一分鐘。突然，在靜寂中傳出一聲槍響。我朝槍響的地方跑去，看見了爸爸。一隻兔子躺在離他大約十公尺的地方。我拾起兔子，我們就帶著這個獵物回家了。

森林通訊員　維克多

野鼠搬出了樹林

林中的野鼠，牠們糧倉裡的存糧已經吃完了。許多野鼠為了躲避白鼬、伶鼬、鼬和其他掠食動物，逃出了自己的洞穴。

這時，大地和樹林都被白雪覆蓋著，沒有東西吃。成群飢餓的野鼠搬出了樹林。人們的穀倉有遭劫的危險了，得隨時警戒。

伶鼬跟在野鼠後面。但是伶鼬太少了，牠們消滅不完所有的野鼠。快保護好糧食，別讓齧齒動物來打劫！

不用服從法則的林中居民

現在，所有的林中居民都在因嚴冬而受罪。林中法則是這樣的：冬天時，要千方百計逃過寒冷和飢餓，孵育雛鳥的事連想都不用去想。夏天時，天氣暖和，食物也充足，那才是孵育雛鳥的時候。

可是，誰在冬天有充足的食物，那就不用服從這個法則了。我們的通訊員在一棵高大的雲杉上，找到一個鳥巢。架著鳥巢的樹枝上積滿了雪，巢裡有幾顆小小的鳥蛋。

第二天，我們通訊員又到那裡去了。那時候天氣冷得要命，他們的鼻子都凍得通紅。可是他們往鳥巢裡一看，巢裡已經孵出幾隻雛鳥，身體赤裸裸的，躺在雪當中，眼睛還沒睜開呢！

怎麼會有這種怪事呢？

一點也不奇怪。這是一對交嘴雀做的巢，裡面是剛剛孵出的雛鳥。交嘴雀既不怕冬天的寒冷，也不怕冬天的飢餓。

一年到頭都可以在樹林裡看見一小群一小群的交嘴雀。牠們興高采烈的互相呼應，從這棵樹飛上那棵樹，從這片樹林飛進那片樹林。牠們一年四季過著流浪的生活：今天在這裡，明天在那裡。

春天，所有的鳴禽都選擇配偶，成雙作對，各自選好一塊區域，住定下來，直到孵出雛鳥。

可是交嘴雀，卻在這時候成群結隊滿林子裡飛，每個地方都不停留太久。在牠們熱鬧、流動的鳥群裡，一年到頭都可以看到老鳥和年輕的鳥在一起。就好像牠們的雛鳥，是在空中一邊飛一邊生下來似的。

在列寧格勒，還把交嘴雀叫做「鸚鵡」。人們這樣稱呼牠們，是因為牠們有一身顏色鮮豔的服裝，還能在細木杆上攀著爬上爬下、轉來轉去，像鸚鵡一樣。

雄交嘴雀的羽毛是紅色的，顏色有深有淺；雌交嘴雀和幼鳥的羽毛是綠色和黃色的。

交嘴雀的腳爪善於抓物，嘴喙很會叼東西。牠們喜歡頭朝下、尾朝上，用腳爪攀住上面的細樹枝，用嘴喙咬住下面的細樹枝而倒掛著。

非常奇怪的是，交嘴雀死後，過很久屍體也不會腐爛。老交嘴雀的屍體可以躺二十年，連一根羽毛都不掉，也不發臭。跟木乃伊一樣。

最有趣的是，除了交嘴雀，其他鳥都沒有像牠們一樣的嘴喙。交嘴雀的嘴喙，上下交叉著：上半部往下彎，下半部往上翹。

交嘴雀全部的本領，全靠牠的嘴喙；牠的一切奇蹟，也都可以從嘴喙上得到解答。

交嘴雀出生時，嘴喙也是直直的，跟其他所有的鳥一樣。可是等到牠長大了，就開始啄食雲杉毬果和松樹毬果裡的種子。這時，牠那柔軟的嘴喙就漸漸彎曲交叉起來了，以後一輩子都長這個樣子。這樣的嘴喙對交嘴雀很有好處：用交叉的彎嘴把種子從毬果裡箝出來，方便極了。

這樣，就什麼都明白了。

為什麼交嘴雀一輩子在樹林裡到處流浪呢？

因為牠們需要四處尋找，看哪裡的毬果結得最多最好。今年，我們列寧格勒省內的毬果豐收，交嘴雀就到我們這裡來。明年，北方什麼地方毬果結得多，交嘴雀就到那裡去。

為什麼冬天交嘴雀在冰天雪地之中還唱歌、孵育雛鳥呢？

冬天，四處都是毬果，牠們為什麼不歡唱，為什麼不孵育雛鳥呢？巢裡暖和和的，巢裡有的是絨毛、羽毛和柔軟的獸毛。雌交嘴雀一生下頭一顆蛋，就不再出巢了。雄交嘴雀為牠找食物。

雌交嘴雀孵著蛋，為蛋加溫保暖；雛鳥破殼而出後，雌交嘴雀把在嗉囊裡弄軟的松樹和雲杉種子吐出來餵牠們吃。松樹和雲杉樹上一年四季都有毬果，食物不虞匱乏。

交嘴雀一成雙作對，就蓋起小房子，生兒育女，這時牠們就離開鳥群——不管那時是冬天，還是春天（在一年的十二個月裡，都可以發現交嘴雀的巢）。牠們把巢做好之後，就開始下蛋、孵蛋育雛。等雛鳥長大了，這一家子又加入鳥群。

為什麼交嘴雀死後會變成木乃伊呢？

這是因為牠們吃毬果，松樹和雲杉的種子含有大量的樹脂。有些老交嘴雀一輩子吃松樹和雲杉的種子，全身被這種樹脂滲透，就好像皮靴被柏油浸透了一樣。

牠們死後，不讓牠們的屍體腐爛的，也就是樹脂。埃及人不就是往死人身上塗樹脂，使死屍變成木乃伊的嗎？

熊找到的好地方

晚秋時節，熊在一座長滿小雲杉的小山坡上，為自己選好了一塊地方。牠用腳爪抓下許多窄長條的雲杉樹皮，送到小山上一個坑裡，然後鋪上軟軟的苔蘚。牠又啃倒了坑周圍的一些小雲杉，讓這些小雲杉像小棚子似的把坑蓋起來，自己鑽進去，安安穩穩的睡著了。

但是，過了還不到一個月，牠的洞被獵狗找到了，牠好不容易從獵人手底下死裡逃生，之後只好直接睡在雪地上。但是，這裡也被獵人找到了，牠又是千鈞一髮的逃脫。

牠第三次躲起來。這回躲的地方可好啦，誰也想不到牠躲在哪裡。到春天才發現，牠爬到高高的樹上睡了一大覺。這棵樹的樹幹，以前不知什麼時候被風暴吹折過，形成一個坑。夏天，鶥把樹枝和軟草叼到這裡來，鋪在裡面，孵完雛鳥，又飛走了。冬天，這隻在自己的洞裡受了驚擾的熊，竟爬到這個空中的「坑」裡去了。

祝你鉤鉤不落空！

沒錯！冬天也有人釣魚！

冬天釣魚的人多著呢！要知道，並不是所有的魚都像鯽魚、丁鱥、鯉魚那樣懶，許多魚只有在最寒冷的時候才睡覺，而江鱈整個冬天都不睡，甚至在冬天產卵——直到一、二月都產卵。

法國人有一句俗語說：「睡覺睡覺，不吃也飽。」不睡覺的，不吃飯可不行。

釣冰底下的魚，最好的，能夠釣得最多的，是用金屬製的小魚形魚鉤釣河鱸，但難的是尋找河鱸冬天居住的地方。在不熟悉的江河、湖泊上釣魚時，只好根據某些跡象來斷定，地點約莫確定了之後，在冰上鑿幾個小洞，先試試吃餌不吃餌。

顯示有魚的跡象是這樣的：

如果河流是彎曲的，那麼在又高又陡的河岸下，可能有個深坑，天冷時，河鱸會成群結隊的聚集到這裡來。如果有清澈的林中小溪流入湖水或河水裡，在比湖口或河口稍低的地方，應該會有個坑。蘆葦和莞草只能生長在水淺的地方，所以在湖裡和河裡，凹下去的深坑都是從蘆葦和莞草叢外開始的。得在那個深坑裡尋找魚度冬的地方。

釣魚的人用木柄鐵棒在冰上鑿一個二十到二十五公分寬的洞，把綁在魚線上的金屬製小魚形魚鉤，放到冰洞裡。先把它垂到水底，探探那個地方的水有多深。然後用短促的動作，把魚鉤不斷的上下拖放，不過每次往下垂的時候，不要再垂到水底了。小魚形魚鉤在水裡漂動著，非常顯眼，忽閃忽閃的，像條活魚似的。河鱸怕這條小魚從嘴邊逃走，一個縱身，撲了上去，把假魚連魚鉤一起吞到肚裡。如果沒有魚來吃餌，就換個地方，到別處去鑿新的冰洞。

「夜遊神」江鱈，要用冰下捕魚具來捉。所謂冰下捕魚具，就是一條繩子，上面繫著三到五條線繩，每條線繩之間的距離是七十公分。魚鉤上的餌食是小魚、小塊的魚肉或是蚯蚓。繩子的一端綁個墜子，垂向水底。水流把這些帶有餌食的魚鉤，一個一個的沖到水底下去。繩子的上端綁一根棍子，把棍子架在冰洞上，一直留到第二天早晨。

釣江鱈的好處，是不用像釣河鱸那樣，長時間在河上挨凍。第二天早晨，來到冰洞前，把棍子提起來看時，繩子上已經吊著一條很長的大魚了。這條大魚渾身黏糊糊的，身上像老虎一樣，有一條條的斑紋，身體兩側是扁的，下巴有根鬍鬚。這就是江鱈。

免費食堂

鳴禽正在挨餓受凍！

心腸慈悲的城裡人為牠們開辦了免費食堂，有的在院子裡，有的就在自家的窗台上。有人把小塊麵包、牛油等等用線綁起來，掛在窗戶外。有人把盛著穀粒和麵包屑的籃子擺在院子裡。

大山雀、褐頭山雀、藍山雀和許多其他冬天的小客人，成群結隊到這些免費食堂來。有時候黃雀、朱頂雀也會來。

學校裡的生物角

你不論到哪所學校裡去，都可以看見一個生物角。生物角的箱子、罐子和籠子裡，養著各式各樣的動物。這都是孩子們夏天遠足時捉來的。現在，孩子們非常忙碌：得讓所有房客吃飽喝足，要為每一個房客安排一個適合牠居住的住宅，還得把每一個房客看管好，不讓牠逃跑。生物角裡有鳥，有小型哺乳動物，有爬行類的蛇，有兩棲的青蛙，還有昆蟲。

在一所學校裡，孩子們給我們看一本夏天的日記。看來，他們捕捉動物來飼養是有意義的，不是隨隨便便捉來玩的。

六月七日，日記本上寫著：「我們貼出一張宣傳海報，號召大家把捕捉到的動物都交給值日生。」

六月十日，值日生記下了這樣的話：

「屠拉斯帶來一隻天牛。米龍諾夫帶來一隻甲蟲。加甫里洛夫帶來一條蚯蚓。雅柯甫列夫帶來一隻瓢蟲和一隻蕁麻上的小甲蟲。包爾切勞師動眾帶來一隻雛鳥……」

日記上差不多每天都有這樣的記載：

「六月二十五日，我們到池塘邊遠足。我們捉到許多蜻蜓的稚蟲和其他蟲子。我們還捉到一隻蠑螈，這是我們非常需要的動物。」

有的孩子甚至還把他們捉到的動物描寫了一番：

「我們捉到許多紅娘華、田鱉等水生昆蟲，還有青蛙。青蛙有四隻腳，每隻前腳有四個腳趾頭、後腳有五個腳趾頭。青蛙的眼睛烏黑烏黑的，鼻子是兩個小洞，耳朵很大。青蛙對人類有很大的益處。」

冬天，小學生們還合夥在商店裡買了一些這個地區沒有的動物：烏龜、金魚、天竺鼠、羽毛鮮豔的鳥等等。你一走進那間屋子，只聽見房客的一片喧囂聲，有的尖叫，有的啼囀，有的哼唧；房客有的是毛茸茸的，有的是光溜溜的，有的生著羽毛。簡直像個真正的動物園。

孩子們還想出「交換房客」的活動。夏天，有一所學校的學生捉到許多鯽魚，另一所學校的學生養殖了許多家兔——多得沒地方放了。兩所學校的孩子就進行了交換：四條鯽魚換一隻家兔。

這些都是低年級學生做的事。

年紀大一點的孩子，另有他們自己的組織——差不多每所學校裡都有「少年自然科學家」小組。

在列寧格勒的「青少年活動中心」也有一個小組。每所學校都選派最優秀的少年自然科學家去參加。在那裡，少年動物學家和少年植物學家，學習怎樣觀察和捕捉動物，怎樣飼養和照料捉來的動物，怎樣剝製動物標本，怎樣採集和製作植物標本。

從學年的開始到結束，小組組員們常常到城外，到各地去遠足。夏天，小組全體組員出發，到離列寧格勒很遠的地方去旅行。

他們在那裡要住上整整一個月，每個人都有自己的工作：植物組組員採集植物標本；哺乳動物組組員捉野鼠、刺蝟、鼩鼱、兔子以及其他小動物；鳥類組組員尋找鳥巢、觀察鳥類；兩生暨爬行類組組員捕捉青蛙、蛇、蜥蜴、蠑螈；水族組組員捕捉魚類和各種水生動物；昆蟲組組員捕捉蝴蝶、甲蟲，研究蜜蜂、胡蜂、螞蟻等等。

少年農藝學家在學校的實驗園地上，開闢果樹和林木的苗圃。他們在自己的小菜園裡，常常獲得豐收。

而且他們都有一本詳細的日記，記下自己的觀察結果和工作。

刮風、下雨、降露、酷暑，田野、草地、江河、湖泊和森林的生活，農村村民的農活——全都逃不過少年自然科學家的注意。他們在研究我們國家巨大無比、豐富多彩的活資源。

在我國，未來的科學家、勘探工作者、獵人、自然資源管理者正在成長。這新的一代是能幹的一代！

跟樹同歲的人

我十二歲。在我們城市的大街上，生長著一些楓樹，我和那些楓樹同歲——它們是少年自然科學家在我誕生那天栽種的。

你們瞧：楓樹已經有我兩倍身高那麼高了！

謝遼沙

打獵的故事

冬天是獵大型動物——狼、熊的好時候。

冬末是森林裡饑荒鬧得最厲害的時候。狼餓得膽子都大起來了，成群搭伙到處徘徊，一直走到村莊附近。熊呢，有的躺在洞裡睡覺，有的在森林裡遊蕩。這些「遊蕩熊」在晚秋前專靠啃屍體、拖家畜過日子，沒來得及做好冬眠的準備，現在只好躺在雪上面了。那些在洞裡受到驚擾、逃出來的熊，也在遊蕩，牠們不回舊洞去，也不再做新洞了。

獵「遊蕩熊」時，要穿著滑雪板，帶著獵狗去追。獵狗在深雪裡追趕牠，一直把牠追到停下來為止。獵人穿著滑雪板，緊跟在獵狗後面。

獵大型動物不像打飛禽，常會發生意外——

獵人沒打到動物，反倒被動物傷害了。

我們這裡打獵的時候，就發生過這種事。

帶豬崽子打狼

這種打獵很危險。敢一個人，不帶伙伴，三更半夜到田野裡去的大膽漢子，是很少的。

但是，有一天，卻出現了這樣一個大膽漢子。他把一匹馬套在雪橇上，把一隻豬崽子裝在麻袋裡，載在雪橇上，在圓月當空的夜晚，獵人趕著雪橇，出了村子。

村子周圍常常有狼出沒，農民已經不止一次抱怨過狼的大膽：牠們可真不客氣，竟然闖到村子裡來了。

獵人離開大道，悄悄的趕著雪橇，沿著森林邊，向荒地走去。

他一手扣著轠繩，一手不時的扯兩下豬崽子的耳朵。

豬崽子的四隻腳捆著，躺在麻袋裡，只露出個頭在麻袋外。豬崽子的使命是尖聲怪叫，把狼引來。因為豬崽子的耳朵很嬌嫩，被人一扯，就痛得哼哼亂叫！

狼沒有讓人等太久。過了一會兒，獵人就看到，林子裡好像亮起一盞盞小燈。小燈在黑漆漆的樹幹間不安定的移動著，一會兒在這裡，一會兒在那裡。這是狼的眼睛反射出來的光。

馬嘶叫起來，向前狂奔。獵人好不容易用一隻手勒住牠。另一隻手還得用來不時的扯豬崽子的耳朵，因為狼還不敢往坐著人的雪橇上撲。只有豬崽子的叫聲，才能使狼忘掉恐懼。

小豬的肉是多麼好吃的東西呀！要是有一隻豬崽子在狼耳朵邊叫起來，狼就會把危險的感覺丟到九霄雲外！

狼看清楚了：有個麻袋被一條長繩拴著，拖在雪橇後面走，在坑坑窪窪的地上，一起一落的蹦跳著。

其實麻袋裡裝了乾草和豬糞，但是狼以為麻袋裡裝的是小豬，因為牠們聽見了小豬的尖叫聲，聞到了小豬的氣味。

於是，那些狼打定了主意。

牠們從林子裡竄出來，全體一起向雪橇撲了過去——一共是六隻、七隻，啊，是八隻壯壯實實的大狼呢！

在空曠的田野裡，獵人從近處望去，覺得牠們個頭很大。那是受到了月光的欺騙。月光在狼毛裡閃爍著，使牠們顯得比實際上大得多。

獵人放開小豬的耳朵，抓起槍。

最前面的一隻狼，追上那個跳動著、裝著乾草的麻袋了。獵人把槍瞄準牠的肩胛骨下面，扣下板機。

那隻狼在雪地上就地滾了十幾圈。獵人用另一個槍筒朝第二隻開了槍，但這時馬兒向前一衝，槍彈打了個空。

獵人雙手抓住韁繩，好不容易才把馬勒住。

可是那些狼已經竄進樹林裡，跑得無影無蹤了。只剩下一隻躺在那裡，臨死前在痙攣著，用後腳刮刨著雪。

這時，獵人就把馬完全勒住了。他把槍和小豬留在雪橇上，自己下雪橇去撿死狼……

半夜裡，村子裡發生了騷動：獵人的馬獨自跑回來了，可是獵人不見了。在寬寬的雪橇上，丟著一把沒裝彈藥的雙筒槍，還有一隻捆著的小豬在哀聲哀調的尖叫。

天亮了，農民到田裡去，看了腳印，就明白昨天夜裡發生的事了。

經過原來是這樣的：

獵人把打死的狼扛在肩上，朝雪橇走去。當他快走到雪橇跟前時，馬聞到一股狼的味道，嚇得打了個哆嗦，向前一衝，飛奔而去。

獵人帶著一隻死狼，孤零零的留在田野裡。他身上連把刀都沒帶；槍呢，留在雪橇上了。

這會兒，狼的驚魂已定。牠們全體奔出了林子，把獵人圍了起來。

農民在雪地上找到了人骨和狼骨——那群狼，竟然把死了的同伴也吃到肚裡去了。

上面所寫的不幸事件，發生在六十年前。從那以後，再也沒聽到過狼撲人的事。狼，如果牠沒有發狂，也沒受傷，見到沒帶槍的人，也是會害怕的。

深入熊洞

還有一件不幸的事，發生在獵熊的時候。

一位森林護林員發現一個熊洞。當地人從城裡請來一位獵人。他們帶了兩隻萊卡犬，悄悄的來到一個雪堆前，熊就睡在這個雪堆底下。

獵人按照打獵的常規，站在雪堆的一邊。熊洞的出入口總是朝著日出的方向。通常，熊從雪底下竄出來的時候，總是向一旁——向南側閃去。獵人站的位置恰好可以舉槍射中熊的肋部——牠的心臟。

護林員躲到雪堆後面去，解開了兩隻獵狗。

獵狗聞到動物的氣味，就開始瘋狂的向雪堆猛撲。牠們的叫聲那麼大，熊不可能不被吵醒。可是，過了好半天，都沒有什麼動靜。

後來，突然從雪裡伸出一隻有長爪的大黑腳掌。一隻獵狗差一點被牠抓住。獵狗驚叫一聲，慌忙閃躲。

緊接著，熊忽然從雪堆裡衝出來，活像一座烏黑的小土山。出人意料的是，牠並沒有向一旁閃身，卻直接朝獵人撲過去。

熊的腦袋低垂著，遮住了牠的胸脯。

獵人開了一槍。

槍彈擦過熊結實的頭顱，向旁邊飛去。熊的額頭挨了這麼重重的一下，可氣瘋了，牠把獵人撞了個兩腳朝天，然後將他壓在自己身下。

兩隻獵狗死命咬住熊的屁股，攀在牠身上，全是白費力氣。

護林員嚇壞了，一邊高聲大喊，一邊揮舞手裡的槍，但也是白費力氣。這時候不能開槍，因為槍彈可能會打到獵人。

熊用牠那可怕的腳掌，大把一抓，就把獵人的帽子，連頭髮和頭皮一起抓了下來。

緊跟著，牠向旁一歪，在染了血的雪地上大吼大叫，打起滾來——原來獵人並沒有驚慌失措，他趁機拔出身邊的短刀，刺進了熊的肚皮。

獵人總算把性命保住了。一張熊皮掛在他的床上面。只是現在獵人的頭上永遠都包著一條暖和的頭巾。

獵熊（圍獵）

一月二十七日，塞索伊奇從森林裡出來，沒回家，直接到鄰近的農村去。他是到郵局去拍電報，拍給列寧格勒的一位朋友——一位醫生，也是個獵熊專家。

他在電報上這麼說：「發現熊洞。速來。」第二天，回電來了，這麼說：「二月一日，我們三人一定到。」

在這段期間，塞索伊奇每天去查看熊洞。熊睡得正香。洞前的小灌木上，每天都結有一層新鮮的霜花——這是熊呼出來的熱氣結成的。

一月三十日，塞索伊奇查看熊洞後，在路上遇見安德烈和謝爾蓋。這兩個年輕的獵人要到森林裡獵松鼠。塞索伊奇想警告他們，不要到有熊洞的那個地方去。但又轉念一想，改變了主意：小伙子年紀輕輕的，好奇心強，他們知道了，說不定反而更想去看看熊洞，逗逗熊呢。於是他就沒說什麼了。

三十一日早晨，他來到熊洞旁查看時，不由得驚叫起來：熊洞被搗毀了，熊也跑了！在離開熊洞五十多步遠的地方，一棵松樹倒在地上，大概謝爾蓋和安德烈把松鼠打死在樹上，松鼠被樹枝掛住，掉不下來，因此他們就把松樹砍倒了。熊被吵醒，跑掉了。

兩個獵人的滑雪板的滑道，通向砍倒的松樹這一邊；從洞裡跑出來的熊腳印，則通向砍倒的松樹另一邊。幸虧熊在茂密的小雲杉林後，沒有被他們看到，所以他們沒有去追。

塞索伊奇一會兒也沒耽擱，立刻順著熊的腳印追去。

第二天晚上，列寧格勒的三個人到了。兩個人——一位醫生、一位上校，是塞索伊奇認識的。另一個人，舉止莊重，身材魁偉，有兩撇烏黑油亮的鬍子和一把修得很光潔的鬍鬚。塞索伊奇第一眼看見他時，就不大喜歡他。

「瞧那副油頭粉面的神氣，」小個子獵人一邊打量那人，一邊心裡想著：「看樣子年紀不輕啦，但還是紅光滿面的，胸脯也挺得像公雞。哪怕有一根白頭髮絲，也叫人服氣啊！」

塞索伊奇感到不愉快的，其實是要在這位莊嚴的城裡人面前承認自己的疏忽——沒看好那隻熊，讓牠出了洞，錯過了好機會。塞索伊奇對他們三個人說，熊現在躲藏的那片小樹林已經找到了。沒有出樹林的腳印。當然，這會兒牠一定躺在雪地上了。現在只有用圍獵的辦法包抄牠了。

那位莊重的陌生人聽到這個消息，輕蔑的皺了皺眉頭。他什麼也沒說，只問了聲：「那隻熊大不大？」

「腳印可不小，」塞索伊奇說：「我敢保證，那大傢伙足足有兩百公斤，一公斤都不會少。」

那位大模大樣的人聽了，就聳著跟十字架一樣直的肩膀，連瞧都不瞧塞索伊奇一眼，說：

「說的是請我們來掏熊洞，結果是圍獵。圍獵的人會不會把熊趕到開槍的人跟前，還是個問題呢！」

這輕視侮辱人的懷疑，刺痛了小個子獵人。不過，他沒吭聲，只在心中暗暗想：

「趕是會趕，我看你可得留點神，別讓熊把你一臉傲氣趕跑了！」

他們開始討論圍獵的計畫。塞索伊奇提醒他們：打這樣大的動物，每一個獵人後頭，都應該跟個後備射擊手。

那個驕傲自大的人不贊成，他說：「誰要是不相信自己的槍法，那就不應該去獵熊；打獵背後還跟個保鏢，像話嗎？」

「好大膽的漢子！」塞索伊奇暗想。

但這時候，上校卻直截了當的說，小心，總是不會有錯的，有個後備射擊手並不礙事。醫生也表示同意。

那個目空一切的人看了他們一眼，一臉瞧不起的樣子，聳了聳肩膀說：「你們膽子小，就聽你們的吧！」

第二天早晨，天還沒亮，塞索伊奇就先叫醒了那三個獵人，然後去召集圍趕的人。

等他回到小木屋時，那個大模大樣的人正從一個綠絲絨面的小提箱裡，取出兩把槍來。小提箱靈巧輕便，倒像一般人用來裝提琴的匣子。塞索伊奇的眼睛都亮了：這麼好的槍，他還沒見過呢！

那個人把槍收拾好，又從提箱裡取出子彈盒，裡面裝著鈍頭和尖頭的子彈。他一邊擺弄這些東西，一邊跟醫生和上校講，他的槍有多麼精緻，槍彈有多麼厲害；他在高加索怎樣打野豬，在遠東怎樣獵老虎。

塞索伊奇雖然臉上不動聲色，心裡可覺得自己的矮身子又短了一截似的。他實在想挨近一點，好好的瞧瞧這兩把好槍，可是最後也沒敢開口要求人家把槍遞給他。

天濛濛亮，從農村裡出來一長隊載貨雪橇，向樹林裡前進。塞索伊奇坐在前面的雪橇上，後面四十個圍趕人；三位客人在最後頭。到了離熊躲著的小樹林有一公里路的地方，全隊停了下來。獵人們進了一個小土房，生火取暖。

塞索伊奇穿著滑雪板去偵察了一番，然後布置圍趕的人。

一切好像都妥妥當當的，熊沒有跑出包圍圈。

塞索伊奇叫吶喊的人排成半圓形，先站到小樹林的一邊；不吶喊的人站到包圍圈的左右翼。

圍獵熊，可不像圍獵兔子。吶喊的人並不進林子裡包抄，在打獵的全部過程中，只站在一個地方。不吶喊的人站在林子兩側，從吶喊的人站的地方開始，一直站到狙擊線——為的是萬一熊被吶喊的人趕出來，不往前竄，卻衝向旁邊。他們不能吶喊，如果熊朝他們跑去，只能脫下帽子向牠揮舞。光這麼做，也就足以把熊往狙擊線那邊趕了。

塞索伊奇布置好圍趕的人後，才跑到獵人們那裡去，帶他們站到攔擊的地點上。

攔擊的地點有三個，彼此之間的距離是二十五步到三十步。小個子獵人得把熊趕到這條只有一百多步寬的窄小通道。

塞索伊奇讓醫生站到第一號攔擊點上，讓上校站到第三號攔擊點，讓大模大樣的城裡人站到中間，也就是第二個攔擊點。這裡有熊進入樹林的腳印。熊從躲藏的地方出來時，大半是順著自己原來的腳印走的。

年輕的獵人安德烈，站在擺大架子的城裡人後面。之所以選中他，是因為他比謝爾蓋有經驗，而且沉得住氣。

安德烈充當後備射擊手。只有在動物突破狙擊線，或是撲上了獵人的時候，後備射擊手才有權開槍。

所有的射擊手都穿著灰罩衫。塞索伊奇對他們下了最後的命令：不要談笑，不要吸菸；圍趕的人開始吶喊時，別動也別發出聲響，要盡可能讓那隻熊走近一些。塞索伊奇吩咐完，就跑到圍趕的人那裡去了。

過了半個鐘頭。這半個鐘頭真是令獵人感到難以忍受。

好不容易傳來了獵人的號角聲——兩聲拖長而低沉的音調，一下子就傳遍了滿是積雪的樹林。聲音好像飄蕩在凍結的空氣中，久久不散。

短短的一分鐘寂靜，突然間圍趕的人一起吶喊起來，叫的叫，嚷的嚷，能怎麼吵，就怎麼吵。有的用低音嗚嗚的像拉汽笛，有的汪汪學狗叫，有的喵喵像貓打架。

塞索伊奇吹完號角，和謝爾蓋一起踏著滑雪板，飛也似的向樹林裡滑去——去趕熊。

圍獵熊可不像圍獵兔子。除了吶喊和不吶喊的圍趕人之外，還要有趕熊的人。趕熊的人得把熊從躲藏的地方趕出來，讓牠朝射擊手跑去。

塞索伊奇從腳印上看出來：熊很大。但是，等到一個烏黑蓬鬆的龐大熊背脊出現在小雲杉上面時，小個子獵人還是打了個哆嗦，慌忙的朝

天開了一槍，跟謝爾蓋兩人異口同聲的喊叫起來：

「來啦！來——啦！」

圍獵熊可不像圍獵兔子。準備的時間比較長，真正打獵的時候卻非常短。但是由於等待的時間長，而且等待時，時時刻刻感覺危險將要來臨，所以打這種獵，射擊手總是覺得一分鐘像一小時那麼長。老站在攔擊點不動彈，直到看見熊，或是聽到旁邊的射擊手開了一槍，才明白一切都完結了，用不著你動手了，那才叫活受罪呢！

塞索伊奇跟在熊後面緊追，拚命想趕牠拐彎，往該去的地方跑，但是他白花力氣了——要追上熊是不可能的。在那些地方，人要是不穿滑雪板，在深雪裡走一步就得陷一步，一直陷到腰際，費好大的勁才能把腳拔出來。可是熊走起來像坦克，一路把灌木和小樹等撞得東倒西歪。牠前進的速度又像艘汽艇，只見兩旁揚起兩片好高好高的雪塵，像兩扇大白翅膀似的。

熊從小個子獵人的視野消失了。但是，沒過兩分鐘，塞索伊奇聽到了槍聲。

塞索伊奇用手抓住離他最近的一棵樹，才把腳下那雙滑得飛快的滑雪板停住。

圍獵結束了嗎？熊打死沒有？

這時候，響起了第二槍，接著是一陣悽慘的叫聲，痛苦與恐怖的叫聲，好像回答了他心中的疑問。

塞索伊奇拚命向前，向射擊手那裡滑去。

他跑到中間那個攔擊點時，上校、安德烈和臉色蒼白得跟雪一樣的醫生，正抓著熊皮，把熊從躺在雪裡的第三個獵人的身上抬起來。

原來事情的經過是這樣的：

熊順著自己進樹林時的腳印跑，直奔中間的攔擊點。本來是應該等熊跑到離攔擊點十到十五步遠的時候，才開槍，可是獵人沉不住氣了，在熊離他還有六十步遠的地方，就開了槍。這麼大的動物看起來動作很笨拙，實際上跑起來快得非凡，所以，只有在離得夠近的情況下開槍，才能打中牠的頭或心臟。

從獵人的好槍裡打出去的子彈，打穿了熊的左後腿。熊痛得發起狂來，向開槍的人撲過去。

獵人驚慌失措，忘記槍膛裡還有一顆子彈，也忘記自己身邊還有一把備用的槍，把槍一扔，轉身就要跑。

熊使出渾身的氣力，看準欺負牠的那個人的背脊，揮出一巴掌，把他掀倒在雪裡。

安德烈——這位後備射擊手可沒乾瞪眼，他把自己的雙筒槍，直直杵進野獸張開的嘴巴裡，雙管齊發。

哪知雙筒槍沒有擊發，只輕輕的吧嗒響了一下。

這些驚險的情況，站在第三個攔擊點的上校全看見了。他看到他的同伴已經死到臨頭，自己該開槍了。但他也知道，如果打得不準，就會打死自己的同伴。上校單膝跪下，瞄準熊的頭，就是一槍。

那隻巨大的熊挺起整個上半身，在空中僵了一下，然後突然像座小山似的，倒在牠腳下的人身上。

上校的槍彈打穿了熊的太陽穴，立即讓牠送了命。

醫生也跑了過來，跟安德烈和上校一起，抓住打死的熊，想把牠挪開，把牠身體底下的獵人救出來——這會兒還不知道獵人是死是活呢！

這時，塞索伊奇趕到了，趕緊跑去幫忙。

熊沉重的屍體挪開了，大家把獵人扶了出來。獵人還活著，安然無恙，雖然臉色白得像死人一樣。熊還沒來得及揭去他的頭皮。但是，這位城裡人已不敢正眼瞧人了。

大家把他載上雪橇，送到農村。他在那裡稍稍定了定驚魂，竟把熊皮據為己有，拿了熊皮就到車站去了，不管醫生怎樣勸他住一晚，好好休息再上路，他也不聽。

「真是的！」塞索伊奇講完這件事，又若有所思的加了這麼幾句：「這下，我們可真的失算了：不應該讓他把熊皮拿走的。這會兒他一定是到處誇口，說他為我們打熊除害。那隻熊將近三百公斤呢……真是個嚇人的大傢伙。」

本報特約通訊員

森林布告欄

別忘了那些無依無靠、受凍挨餓的朋友！

人人在飢餓難熬、暴風雪凍死人的月分裡，別忘了我們那些弱小的朋友——鳥類。

每天要把一些食物送到鳥的免費食堂去（請參閱第九期和第十期的森林布告欄）。

要為小鳥們布置幾個小小的旅館：椋鳥房、山雀房、樹洞式人造鳥巢等等（請參閱第一期和第二期的森林布告欄）。

要為灰山鶉搭幾個小棚子（請參閱第十期的森林布告欄）。要在你們的同學和朋友之間，組織起「餓鳥救濟隊」。

有人拿出穀物，有人拿出牛油，有人拿出漿果，有人拿出麵包屑，有人甚至可以找來螞蟻卵。小小的鳥能吃多少東西呢？

只要準備少少的食物，你能夠拯救多少鳥，使牠們免於挨餓受凍呀！

第十一次競賽

☆射箭要打中靶心！答案要對準題目！

1 哪種動物比較怕冷，大型動物還是小型動物？

2 躲到洞裡去冬眠的，是瘦熊，還是肥熊？

3 俗話說：「狼靠四條腿活命」，這是什麼意思？

4 為什麼冬天砍的木柴比夏天砍的木柴值錢？

5 看了砍掉樹幹的樹墩，可以知道這棵樹的年齡。這是怎麼知道的？

6 為什麼所有的貓科動物（像是家貓、野貓和大山貓）都比犬科動物（狼和狐狸等）愛乾淨得多？

7 為什麼一到冬天，有許多飛禽走獸就離開樹林，往人類居住的地方靠近？

8 癩蝦蟆冬天吃什麼？

9 哪一種熊被叫做「遊蕩熊」？

10 冬天，是不是所有的兔子都是白的？

11 哪一種鳥冬天也會孵蛋育雛？

12 一位美姑娘，紅臉紅衣裳。關在地牢裡，辮子翹在大街上。（謎語）

13 別看我和沙粒一樣小，我卻能把大地蓋住。（謎語）

14 夏天東遊西蕩，冬天家裡躺躺。（謎語）

15 一個大漢，帶個汪汪叫的，去找嗚嗚咬的。要不是汪汪叫的，大漢就會被嗚嗚咬的咬。（謎語）

忍受殘冬月

冬季第三月　2月21日～3月20日

太陽的詩篇

二月，是狂風吹雪的月分；風，在雪地上奔馳，卻不見留下足跡。

這是冬季最後一個月，也是最可怕的一個月。這是忍受殘冬月，是狼的結婚月，也是惡狼偷襲村莊和小城鎮的月分。牠們把狗呀，羊呀，都拖去填肚皮，每天夜裡都鑽到羊圈裡搶劫。所有的動物都在消瘦。秋天囤積的脂肪，已經不能再給予牠們熱能、供給牠們營養。小動物的洞裡，地下倉庫的存糧，也快要吃完了。

白雪，本來是幫助保溫的朋友，現在對於許多動物說來，卻變成了催命的敵人。樹枝經不起厚雪的重壓而折斷了。只有野生的雉雞——灰山鶉、榛雞、琴雞等喜歡深雪，牠們連頭帶尾巴一起鑽進深雪裡過夜，多麼安全舒服呀！

不過糟糕的是，有時白天日晒雪融，夜晚寒氣襲來，在雪面上凍起一層冰殼。那時，在太陽融化冰殼以前，任憑你把腦袋撞扁了，也休想從冰殼下鑽出來！

暴風雪吹呀吹，二月也即將進入夢鄉；雪把道路都掩埋起來了……

熬得過嗎？

森林年最後一個月來臨了。這是最艱難的一個月——忍受殘冬月。

所有的林中居民倉庫裡的存糧，都快吃完了。所有的飛禽走獸都消瘦了——皮下那層暖和的脂肪已經沒有了。長期半飢不飽的生活，大大減弱了牠們的體力。

這時節，狂風大雪又好像在故意作對，滿林子咻咻亂闖，使得天氣越來越冷。冬老人只能再尋歡作樂一個月了，因此它更加肆無忌憚，放出最嚴酷的寒氣。這會兒，所有飛禽走獸只有再忍耐一下，提起最後一點力量，熬到春天的到來。

我們的森林通訊員巡視了整座森林。有一件

事使他們擔心：飛禽走獸能不能熬到天氣轉暖？

他們在森林裡看見許多悲傷的事。有些林中居民禁不住飢餓與寒冷的煎熬，已經送了命。其餘的能不能再挺上一個月？不錯，也有那種飛禽走獸，你根本用不著為牠們擔憂，牠們是死不了的。

嚴寒的犧牲者

天冷，再加上刮大風，那才叫可怕呢！每逢這樣的天氣，你都可以在雪地上找到東一個、西一個，凍死的飛禽走獸和昆蟲的屍體。

風，把樹墩和倒在地上的樹幹下面的積雪，掃了出來，那裡面可是藏著許多小動物和甲蟲、蜘蛛、蝸牛、蚯蚓呢！

把蓋在牠們身上保暖的雪掀開，牠們也就凍死在冰冷的寒風裡了。

飛鳥一邊飛，一邊就被暴風雪刮死了。烏鴉是多麼強壯的鳥呀，可是往往在長時間的暴風雪之後，會發現牠們凍死在雪地上。

風雪過後，森林清道夫馬上出動工作，猛禽和動物滿森林裡尋找，把在暴風雪中凍死的屍體，收拾得一乾二淨。

光溜溜的冰地

有時，在融雪天之後，突然暴冷，把地面上一層融化的雪，瞬間凍成冰殼。積雪上的這層冰殼，又硬，又滑，又結實，動物軟弱的腳爪刨不開它，鳥的尖嘴喙也啄不破它。狍鹿的蹄子能夠把它踏穿，可是冰洞周圍的稜角銳利得像刀一樣，劃破了狍鹿腳上的毛皮和肉。

鳥怎樣能吃到冰殼下的食物——細草和穀粒呢？誰要是沒有能力啄破玻璃似的冰殼，誰就得挨餓。

曾經發生這樣的事：

融雪天。地面上的雪變得溼漉漉、蓬鬆鬆的。傍晚，一群灰山鶉飛下來，牠們毫不費力的在雪地上為自己刨了幾個小洞，洞裡熱氣騰騰、暖暖和和的，牠們蹲在裡面睡著了。

可是，半夜，突然降溫。

灰山鶉睡在暖和的地下洞穴裡，沒有醒，牠們還沒感覺到寒冷。

隔天早晨，灰山鶉睡醒了。雪底下很暖和，只是有點喘不過氣來！得到外面去喘口氣，伸伸翅膀，找點東西吃。

牠們打算起飛，可是頭頂上竟有一層很結實的冰，像玻璃蓋似的。

整個大地成了光溜溜的一片冰場。冰殼底下是鬆鬆軟軟的雪，冰殼上面什麼也沒有。

灰山鶉把小腦袋向冰殼撞呀撞的，撞得頭破血流——無論如何，也得衝出這個冰罩子啊！

誰要是能逃出這個死囚牢，哪怕還得餓著肚子，也算是幸運的了。

玻璃似的青蛙

我們的森林通訊員鑿破一個水池的冰，挖開冰底下的淤泥，淤泥裡躺著許多青蛙，牠們是鑽進淤泥裡，擠成一堆，在那裡度冬的。

把青蛙從淤泥裡拿出來的時候，一個個像是玻璃做的。牠們的身體變得非常脆弱，只要輕輕一敲，細細的小腿兒就喀嚓一聲斷了。

森林通訊員帶了幾隻青蛙回家。他們把凍僵的青蛙放在暖和的屋子裡，小心翼翼的讓牠們全身暖和起來。青蛙一點一點的甦醒了，開始在地板上跳來跳去。

由此可以想像，春天，太陽把水池裡的冰融化，把水晒得溫暖的時候，青蛙就會甦醒過來，變得活潑健壯。

瞌睡蟲

在托斯諾河沿岸上，離薩勃林諾火車站不遠，有個大岩洞。早期，人們在那裡挖取沙子，現在，許多年來已經不再有人到那個洞裡去了。

我們的森林通訊員進了洞裡，發現洞頂有許多蝙蝠——長耳蝠和棕蝠。牠們在那裡睡覺，已經睡五個月了，頭朝下，腳在上牢牢的攀住粗糙不平的洞頂。長耳蝠把大耳朵藏在收合起來的翅膀下，用翅膀把身體裹得緊緊的，像蓋被子似的，就那樣倒掛著進入夢鄉。

蝙蝠睡得這樣久，森林通訊員都擔心了起來，因此他們測了測蝙蝠的心跳，量了量牠們的體溫。

夏天，蝙蝠的體溫跟我們人差不多，在攝氏三十七度左右，心跳是每分鐘兩百下。

現在，蝙蝠的心跳每分鐘只有五十下，體溫最多只有攝氏五度。

除此之外，這些健康的小瞌睡蟲，倒沒有任何足以使人擔心的事。

牠們還可以自由自在的再睡上一個月，甚至兩個月，等溫暖的夜晚一到，牠們就會甦醒過來。

穿著輕便

今天，我在一個偏僻的角落裡，找到一株款冬。它正在開花呢！它一點也不怕冷，細莖上只穿著輕便的衣服：鱗狀的小葉子、蜘蛛絲似的茸毛。這會兒，我穿著大衣還感覺冷呢，可是款冬這樣竟然不覺得冷！

你一定不相信我的話，周圍到處是雪，哪來的款冬呢？

我不是說了嗎？「在一個偏僻的角落裡」找到了它！告訴你，它在什麼地方：在一座大樓朝南的牆腳下，而且是在暖氣管通過的地方。在那個「偏僻的角落」裡，雪積不起來，隨時融化，土是黑黑的，像春天似的，冒著熱氣。

不過，空氣可是冰冷的啊！

苦中作樂

尼娜．巴甫洛娃

只要稍一暖和，只要是融雪的天氣，森林裡的雪底下就會爬出各式各樣沒有耐性的蟲子：蚯蚓、鼠婦、蜘蛛、瓢蟲，還有葉蜂的幼蟲。

只要哪個偏僻的角落裡，出現一塊沒有雪的地方——狂風往往把倒在地上的枯木下的積雪，全部刮走。那些大大小小的蟲子，就在那裡散步透氣，好像舉辦園遊會一樣。

昆蟲出來活動活動麻木的腿腳，蜘蛛是出來覓食的。沒有翅膀的小蚊蟲，光著腳丫在雪地上跑跑跳跳。有翅膀的長腳舞虻，在空中盤旋。

只要寒氣一襲來，這個園遊會就會突然結束，這群大大小小的蟲子又躲的躲，藏的藏：有的鑽到敗葉下面，有的鑽進枯草、苔蘚裡，有的鑽到土裡。

從冰洞裡探出來的腦袋

有一個漁夫，在涅瓦河口芬蘭灣的冰上走著。當他走過一個冰洞的時候，看到從冰底下探出一顆腦袋，油光閃亮的，還有稀稀疏疏的幾根硬鬍子。

漁夫以為這是從冰洞中浮起來的死人腦袋。可是，突然間這顆腦袋朝他轉過來，漁夫才看清楚，這是個有鬍子的動物的臉，臉皮緊繃，滿臉光閃閃的短毛。兩隻亮晶晶的眼睛，有一剎那直愣愣的盯著漁夫的臉。接著，只聽見噗通一響，獸頭就鑽到冰底下不見了。

這時，漁夫才明白自己看到的是海豹。

海豹在冰底下捉魚，只把腦袋探到水面上一會兒，為的是喘口氣。

有的海豹為了追捕魚，從涅瓦河游入拉加多湖，就有人在那裡獵到海豹，這是真的。

解除武器

森林中的大塊頭公麋鹿和小矮個兒公狍鹿，都把犄角脫落了。公麋鹿是自己扔下頭上的沉重武器——牠們在密林裡，把犄角朝樹上蹭呀蹭的，就把犄角蹭下來了。

有兩隻狼，看見這麼一個沒有了武器的大傢伙，決定向牠進攻。狼以為一定很容易取勝。

這場戰爭，結束得出乎意料的迅速。麋鹿用兩隻結實的前蹄，擊碎了一隻狼的腦殼，然後突然轉過身，把另一隻狼踢倒在雪地上。這隻狼渾身是傷，好不容易才從敵人身旁逃走。

最近幾天，公麋鹿和公狍鹿已經長出了新犄角。但是還沒有變硬，外面繃著一層皮，皮上是軟綿綿的絨毛。

愛洗冷水澡的鳥

在波羅的海鐵路上的加特契納車站附近，我們的森林通訊員在一條小河的冰洞旁，看到一隻黑肚皮的鳥。

那天早晨，天冷得能凍掉鼻子。雖然天上的太陽亮晃晃，可是森林通訊員在那天早晨，還是不得不三不五時擦掉他鼻子上結出的白霜。因此，當他聽到黑肚皮的鳥興高采烈的在冰上唱歌時，感到非常奇怪。

他走上前去看時，那隻鳥突然鑽進冰洞裡。

「糟糕，這下子可要淹死啦！」森林通訊員心想，他急急忙忙跑到冰洞旁，想要救那隻發了瘋的鳥。

哪知鳥正在水裡用翅膀划水呢，就跟游泳的人用胳膊划水一樣。鳥的黑背脊在透明的水裡忽閃忽閃，像條小銀魚似的。

鳥忽然鑽進河裡，用尖銳的腳爪抓著沙石，在河底跑了起來。跑到一個地方，牠停留了一會兒，用嘴喙把一塊小石子翻了起來，從石子下拖出一隻烏黑的水生甲蟲。

過了一分鐘，牠已經從另外一個冰洞鑽出來，跳到冰面上了。牠抖了抖身體，若無其事的又唱起了快樂的歌。

森林通訊員把手探進冰洞裡去試試，心想：「也許這裡是溫泉，小河裡的水是熱呼呼的吧？」

可是，他馬上把手從冰洞裡抽出來：冰冷的水，刺得他的手發疼。

他這才明白，那隻鳥是一種住在水邊的鳥，叫做「河烏」。

這種鳥跟交嘴雀一樣，也是不服從自然法則的。牠的羽毛上蒙著一層薄薄的油脂。牠鑽進水裡的時候，那油油的羽毛上就會出現一層小水泡，銀光閃閃的。河烏就等於是穿了一件空氣做的衣服，能隔絕寒氣而保暖，因此，牠在冰水裡不會覺得冷。

在列寧格勒省內，河烏是稀客，只有在冬天才會看到牠們。

水晶宮裡

現在，讓我們來想想魚的事情吧！

整個冬天，魚都在河底深坑裡睡覺，河面上蓋著一層結實的冰殼。有時候——大多是在冬末時節，二月，在池塘和林中湖沼裡，牠們會感到空氣不夠用了。那時，魚幾乎要悶死了，牠們心神不寧的張開嘴巴，游到冰殼下面，用嘴唇捕捉冰上的小氣泡。

魚也可能全體悶死。那麼，春天冰消雪融後，你帶著魚竿到這樣的水池邊來釣魚的話，根本一隻都釣不到。

因此，不要把魚忘了。在池塘和湖面上鑿幾個冰洞吧！還要注意別讓冰洞再結凍，好讓魚能夠呼吸空氣。

雪底下的生命

漫長的冬天裡，你望著被雪覆蓋的大地，不由自主的會想：這片寒冷而乾燥的「雪海」下，有些什麼東西？有沒有留下還活著的生物呢？

我們的森林通訊員在森林裡、林中空地上和田野裡的積雪上，挖了一些大深坑，一直挖到地面。

結果真是出乎我們意料！

原來，那裡面有一簇簇的綠色葉片，還有從枯草根下鑽出來的小嫩芽，以及被沉重的積雪壓倒在凍土上的各種綠色草莖。它們全是活的！你想想，全是活的呢！

原來生活在雪海底下的有野草莓、蒲公英、菽草、蝶須、委陵菜、酸模，還有許多各式各樣的植物，全是綠油油的呢！在那翠綠嬌嫩的繁縷上，甚至還有很小的花蕾。

森林通訊員挖的那些雪坑，四壁上有一些圓圓的小窟窿。這是小動物活動的通道，被鐵鍬截斷了，那些小動物精明的在雪海裡為自己找東西吃。野鼠和田鼠在雪底下大嚼美味而富含營養的植物細根；掠食性的伶鼬、白鼬等等，就在那裡捕捉這些齧齒動物和在雪地過夜的飛禽。

從前，人們以為只有熊才在冬天生小熊。人們說，有福氣的小孩會「從娘胎裡帶來衣裳」。熊寶寶剛出生時非常小，只有家鼠那麼大，可是牠不僅從娘胎裡帶了衣裳，並且索性穿著毛皮大衣出生。

現在，科學家發現，有些野鼠和田鼠冬天搬家，就好像遷到冬季別墅裡似的：從牠們夏天的地下洞穴搬到地面上來，在雪底下和灌木下部的枝椏上築巢。

令人奇怪的是：冬天牠們也生孩子！只有一丁點大的野鼠寶寶，剛生下來的時候，渾身光溜溜沒有毛，但是巢裡很暖和，年輕的野鼠媽媽餵牠們吃奶。

春的預兆

雖然這個月天氣還很冷，但已經不像在嚴冬時節那樣了。雖然積雪還很深，但已經不像從前那樣白皚皚、亮閃閃了。

這會兒，積雪的顏色灰撲撲的了，失去了光澤，開始出現蜂窩般的小洞。掛在屋簷上的小冰柱卻逐漸變大，從小冰柱上滴答滴答的流水。小水窪也出現了呢！

太陽出來的時間越來越長，陽光也越來越溫暖。天空不再是那種一片青白且冷颼颼的冬季顏色。天空的藍色一天比一天加深。天上的雲，已不是灰禿禿的冬季雲彩了。它們開始分層，要是你注意觀察的話，有時還可以發現層層疊疊的積雲飄過呢！

一出太陽，窗下就響起山雀快樂的歌聲：「斯克恩，舒巴克！斯克恩，舒巴克！」

夜晚，貓在屋頂上開音樂會、打架。

森林裡，說不定什麼時候，突然會發出一陣啄木鳥歡天喜地的擂鼓聲。儘管只是用嘴喙敲樹幹，但還是有模有樣的，敲打出一首歌呢！

在密林裡，雲杉和松樹的下面，不知道是誰在雪地上面畫了一些神祕的符號，莫名其妙的圖案。當獵人看見這些符號和圖案的時候，他的心突然緊縮了一下，然後就狂跳起來。要知道，這是林中有鬍子的大公鳥——松雞的痕跡呀，是牠那強壯翅膀上的硬羽毛，在堅實的春季冰殼上劃的印子呀！這樣看來，松雞馬上要開始交配了，神祕的林中音樂會馬上要開始了。

在大街上打架

城裡，已經可以感到春天的臨近：大街上，常常發生打架事件。

你看！街頭上的麻雀，一點也不理會過往的行人，牠們只管互相亂啄頸毛，把羽毛啄得四散飛舞。雌麻雀從來不參加打架，但是也阻止不了打架的傢伙。

每天夜裡，貓都在屋頂上打架。有時候，兩隻公貓打得你死我活，把一隻公貓打得從大樓頂跌落下來。不過，即使這樣，腿腳俐落的貓也不會摔死：牠跌下去時一定會四腳著地，頂多在那以後一瘸一拐的跛個幾天。

修理和新建

城裡到處在忙著修建房屋，新建住宅。烏鴉、寒鴉、麻雀、鴿子都在張羅修理去年的舊巢；今年夏天才出生的年輕一代，則在建築新巢。

建築材料的需求大大的增加了。牠們所用的建築材料，包括了粗粗細細的樹枝、稻草、馬鬃、絨毛和羽毛。

鳥食堂

我和我的同學舒拉，都很喜歡鳥。冬天住在我們這裡的鳥——像山雀和啄木鳥常常挨餓。我們決定為牠們做個食槽。

我家附近有很多樹。常有鳥飛到那些樹上找東西吃。

我們用三合板做了一些淺淺的木槽，每天早晨都往木槽裡撒各種穀粒。現在鳥已經習慣了，不再害怕飛到木槽這裡，會很樂意的啄食。

在我們看來，這對鳥有幫助。

我們建議：所有的小朋友都來做這件事吧！

森林通訊員 瓦西里、亞歷山大

市內交通新聞

在轉角的一間房子上，有個標誌：一個圓圈，中間有個黑色的三角形，三角形裡有兩隻雪白的鴿子。

這意思是：「當心鴿子！」

司機開車到大街轉角，轉彎的時候，小心翼翼的繞過一大群鴿子，這群鴿子擠在馬路當中，有青灰色的，有白色的，有黑色的，有咖啡色的。大人和小孩站在人行道上，撒米粒和麵包屑給那些鴿子吃。

「當心鴿子！」這個在莫斯科大街上，提醒汽車駕駛注意的牌子，最初是根據女學生托尼・哥爾基娜的要求掛出來的。現在，在列寧格勒和其他車水馬龍的大城市裡，也都掛出這樣的牌子——因為市民們經常在街道上餵鴿子，欣賞這些象徵和平的鳥。

保護鳥類的人是光榮的！

返回故鄉

《森林報報》編輯部收到許多可喜的消息。

埃及、地中海沿岸、伊朗、印度、法國、英國、德國都寄信來了。信裡面說：我們的候鳥已經動身返回故鄉了。

牠們不慌不忙的飛著，一寸又一寸的占領從冰雪下解放出來的大地和水面。牠們預計，在我們這裡冰雪開始消融、江河解凍的時候，剛好可以飛回來。

在雪底下度過

院子解凍了。

我到外面去挖種花用的泥土，順便看了看我為鳥種的菜園。我在那裡為金絲雀種了一些繁縷。金絲雀非常愛吃繁縷嬌嫩多汁的綠葉。

你們都認識繁縷吧？小小的淡綠色葉子、小得幾乎看不清的小花、老是纏在一起的脆嫩細莖。

繁縷是緊貼著地面生長的。菜園裡要是種了繁縷，你一個不留意，那一畦畦地都會密密的被繁縷長滿。

今年秋天，我播下了繁縷的種子，只是種得太遲了些。種子發芽，可是沒來得及長成幼苗，就在只有一小段細莖和兩片子葉的狀態下，被雪埋了起來。

我沒指望它們能夠存活。

結果怎樣呢？

我一看，它們不僅度過了冬天，而且長大了。現在已經不是幼苗，而成了小小的植物了。有幾株還長出花蕾呢！

真是件怪事——這可是冬天，而且是在雪底下！

尼娜．巴甫洛娃

彎彎的月亮

今天我有一件特別高興的事：我起了一個大早，在日出時起來的，我看見了彎彎的月亮。

人們大多是在傍晚時分、太陽下山後看見這種形狀的月亮，很少在清晨看見它掛在太陽上方。它比太陽早起，已經高高的升到天空中，像一彎珍珠色的細鐮刀，懸在金黃色的朝霞上，閃閃發光——那樣賞心悅目，我從來沒有見過。

摘自一位少年自然科學家的日記

森林通訊員　維利卡

迷人的小白樺

昨天晚上，下了一場暖洋洋而溼答答的雪花，把花園中台階前我心愛的一棵白樺的樹幹，和所有禿枝都染成白色的了。快到早晨的時候，天又突然轉冷。

太陽升到明淨的天空中。我一看，白樺變得非常迷人，像棵魔樹似的：它挺立在那裡，上上下下，從樹幹到最細的小樹枝，都好像塗上了一層白釉，原來是溼雪凍成了一層薄冰。小白樺從頭到腳銀光晶亮。

飛來了幾隻長尾山雀。牠們有著又厚又蓬鬆的羽毛，好像一團團小白絨球，當中插著幾枝織毛線的棒針。牠們落在小白樺上，在樹枝上轉來轉去。牠們在找有沒有什麼東西可以當早餐吃。

但是長尾山雀的小腳爪卻在打滑，小嘴喙也啄不透冰殼。白樺樹像玻璃似的，發出細細而冷冷的叮噹聲。

長尾山雀嘰嘰喳喳、抱怨連天的飛走了。

太陽越升越高，陽光越來越暖，終於把冰殼融化了。

從小白樺樹枝、樹幹上流下了一股股的冰水，像個冰凍的噴泉。滴水時，水珠閃爍著，變幻著顏色，也像一條條小銀蛇，順著樹枝蜿蜒而下。

長尾山雀又飛回來了，落在白樺樹枝上，一點也不怕沾溼小腳爪。牠們高興極了，因為小腳爪不再打滑了，解凍的白樺請牠們享用了一頓可口的早餐。

摘自一位少年自然科學家的日記

森林通訊員　維利卡

最早的歌聲

在天氣很冷，但是陽光燦爛的一天，城市的花園裡響起了早春的歌聲。是大山雀在唱歌。

牠的歌喉沒有什麼花腔，就是：

「晴——幾——回兒！晴——幾——回兒！」

只不過是這麼簡單的調子，聽起來是那麼歡快，就好像這種金色胸脯的小鳥想用鳥語告訴大家：

「脫掉大衣！脫掉大衣！春天到了！」

綠色接力

一九四七年，創始了一年一度的「全國優秀少年園藝家」選拔賽。第一屆的少年隊員從一九四七年的春天，開始「綠色接力」活動，到一九四八年的春天展示成果。從一九四七年春天到一九四八年春天這段期間，對五百萬個少年園藝家來說，並不容易。但是，他們總算保護了前人所種的一切，而且珍愛的培育每一棵樹、每一棵灌木，年年如此。

每完成一場綠色接力活動，都會召開少年園藝家大會。

去年，有好幾百萬青少年和小學生參加綠色接力。他們栽種了好幾百萬棵果樹和漿果灌木，造了幾百公頃的森林、公園和林蔭路。今年參加活動的人一定會更多。

條件還是跟去年一樣，可是要做的事情比去年更多！今年在每一所學校裡，都要開闢一個果木苗圃，這可以促成明年造更多的果園。

需要綠化道路，讓公路成為美麗的綠色林蔭路。

還要用喬木和灌木鞏固溝壑中的泥土，保全我們的沃土。為了實現這一切，得好好向有經驗的老園藝家們學習。

巧妙的陷阱

真正說起來，獵人們用槍打到的動物，沒有用各種巧妙的陷阱捉到的動物多。要足智多謀，還得確切知道動物的脾氣和習性，才能夠想出捕捉動物的好陷阱。不僅要會設陷阱、做捕獸器，還得把陷阱和捕獸器布置在適當的位置。

笨頭笨腦的獵人，就算設了陷阱、放了捕獸器，總是一無所獲；而經驗豐富的獵人，設的陷阱和捕獸器總是會捉到動物。

鋼製的捕獸器用不著自己設計、製作，去買現成的就可以了。不過，學會安置它可就沒那麼簡單了。

首先，得知道把它擺在哪裡。要把捕獸器擺

在獸洞旁邊、動物來往的小徑上、有許多動物腳印匯聚和交叉的地方。

其次，得知道怎樣準備和安置捕獸器。要捕捉非常機警的動物，像紫貂、大山貓等等，得先把捕獸器和針葉樹的葉子一起煮過，然後用小木鏟剷下一層積雪，戴著手套把捕獸器擺在那裡，再把剷下的雪填在上面，然後用小木鏟把雪弄平。如果不這樣小心謹慎，鼻子靈敏的動物就會聞出人的氣味，或金屬的氣味，甚至隔著一層雪也沒有用。

要用捕獸器捉身強力壯的大型動物，就得把捕獸器綁在大樹墩上，免得動物把它拖得老遠。

如果要在捕獸器裡放誘餌，就得知道哪一種動物愛吃哪一種食物。有的該為牠放上老鼠，有的該為牠放上肉，有的該為牠放上魚乾。

活捉小動物

獵人們想出許多捉白鼬、伶鼬、鼬、水鼬等小動物的巧妙捕獸籠。

其實這些裝置都很簡單，每一個人都會製作。

這些捕獸籠的原理都一樣：進得去，出不來。

你拿一個不大的長木箱，或是一個木筒，在一頭開個入口，入口上拴一扇用粗金屬絲做的小門，不過小門得比入口稍長一些。這扇小門斜著立在入口上，下邊往木箱裡斜放。這樣就完成了。

誘餌放在木箱裡面。小動物聞到誘餌的香味，而且從金屬小門看到了誘餌。牠用頭頂開小門，爬了進去，小門隨後落下就關上了。小門從裡面是頂不開的，小動物出不去，只好待在裡面，等你去捉牠了。

同樣的木箱裡，也可以裝一塊活動板，在木箱內部頂板上掛一塊誘餌。小動物從這塊活動板爬進去，經過板中心的時候，牠身體的重量將板子往下壓，靠近入口那一半的板子就向上翹起，上邊滑過活門，就把捕獸箱的入口堵死了。

還有個更簡單的方法：用一個高一點的木製酒桶，把桶頂打開，在木桶的半腰處鑽兩個小洞，穿過一根長鐵軸。把露在外面的鐵軸兩頭，架在兩根立在地上的小柱子上，並預先在這兩根小柱子中間的地面挖個坑，坑的深度要等於半個桶的高度。

鐵軸的兩頭架在小柱子上，木桶橫放並保持平衡，讓木桶開口那端放在坑的邊上，木桶底部懸空在坑上面。

誘餌要放得貼近桶底。

小動物爬進木桶，一爬過木桶的半腰，木桶就立起來，桶底朝下。木桶的四壁呈圓弧狀，小動物掉進桶底，就怎麼也爬不上來了。

冬天結冰的時候，乾脆做個冰陷阱，這是烏拉爾的獵人們想出來的辦法，作法很簡單。

把一大桶水放在戶外。桶面、桶壁和桶底的水，會比中間的水結凍得快。等冰層有兩個手指頭那麼厚的時候，在冰上面鑿個小洞，洞的大小要讓白鼬能鑽得進去。

把桶裡沒有結凍的水從小洞倒掉，把桶子搬回屋裡。在暖和的屋子裡，桶壁和桶底很快就暖了，貼近桶壁和桶底的冰也就融化了。這時，不用費什麼力氣就可以從桶子裡倒出「冰桶」，這個冰桶上上下下都由冰封著，只在頂上有個小洞。這就是冰陷阱。

從小洞扔進一些乾草、麥稈等等，再捉一隻活老鼠放進去。找一處白鼬或伶鼬腳印多的地方，把這個冰陷阱埋在雪裡，使陷阱的上部跟地面上的積雪一樣高。

小動物一聞到老鼠的氣味，馬上就會從小洞鑽進冰陷阱裡。牠只要一鑽進去，就休想再出來了——因為滑溜溜的冰壁爬也爬不上來，啃也啃不透！

把冰陷阱打碎，就可以把小動物取出來了。做這種冰陷阱不需要花什麼錢，喜歡做多少個就可以做多少個。

狼阱

獵人們會設「狼阱」捉狼。

在狼出沒的小徑上，挖個長圓形的深坑，坑壁必須是陡峭的。坑的大小要能裝下一隻狼，但是讓牠沒辦法跑幾步跳出來。

在坑上面鋪上樹枝，樹枝上面撒細枝、苔蘚、稻草，再蓋上雪。這樣，就露不出一點陷阱的痕跡，看不出坑在哪裡。

夜裡，狼群走在小徑上。走在前頭的狼，走著，走著，就掉進陷阱裡了。第二天早上，獵人再去把牠活捉出來。

狼圈

還有設「狼圈」捉狼的。在地上打下許多木樁，一根緊挨一根，連成一圈。在這一圈木樁外面，再打下一圈木樁。裡圈和外圈之間，形成一條窄窄的夾道，寬度恰好能讓一隻狼擠得過去。

外圈裝一扇只能向內推開的門。裡圈內放一隻小豬、山羊或綿羊。狼聞到家畜的氣味，就一隻跟著一隻走進外圈，進入兩圈木樁之間窄窄的夾道裡。繞了一圈，走在前頭的狼來到往內開的那扇門前。門妨礙牠往前走，而向後轉牠又辦不到，因此，牠只好用頭頂門。門被牠一頂，就關上了，於是所有的狼都被圈住了！

這麼一來，牠們就繞著裡圈內的家畜沒完沒了的兜圈子，直到獵人來捉牠們。羊沒傷到一根寒毛，狼卻「偷羊不成把命送」。

地上的機關

冬天，地面凍得像石頭一樣硬，不容易挖深坑。因此，人們捉狼不設簡單的狼阱，而設地上的機關。這種地上機關的作法是：在一塊地的四個角落立四根柱子，四邊用木樁圍起來，形成圍欄。在這塊地的中央，再立一根柱子。這根柱子比圍欄還高。柱子上繫一塊肉做誘餌。

把一塊木板擱在圍欄上。

木板的一頭著地，另一頭懸空，靠近誘餌。

狼聞到肉的氣味，就順著木板往上爬。狼的身體重，把木板懸空的一頭壓得往下落時，站不住腳，就一個倒栽蔥跌進圍欄裡了。

熊洞旁又出事了

塞索伊奇穿起滑雪板，在長滿苔蘚的沼澤地上滑著。這時正是二月底，地上由高處吹來的積雪很厚。

在這片沼澤地的上面，是一片片叢林。塞索伊奇的萊卡犬小霞，跑進一片叢林，鑽到樹木後面，不見了。突然，傳來了牠的叫聲，叫聲是那麼凶猛，那麼狂暴。

塞索伊奇馬上聽出來：小霞發現熊了。

小個子獵人身邊恰好帶著一把靠得住的來福槍，可發射五發子彈，所以他心裡很高興，急忙朝狗叫的方向趕過去。

地上有一大堆倒著的枯木，上面蓋著積雪。小霞就對著這堆東西咆哮。塞索伊奇挑了個合適的位置，卸掉滑雪板，把腳底下的積雪踩結實了，準備開槍。

過了一會兒，從雪底下探出一顆黑腦袋，兩隻小眼睛閃爍著暗綠色的光——用獵熊獵人的話來說：熊在打招呼呢！

塞索伊奇知道，熊瞧敵人一眼之後又會躲起來，整個縮進洞裡去，然後突然往外竄。因此，獵人在熊把頭縮回去之前，就得趕緊開槍。

但是，瞄準的時候太匆忙，瞄得不夠準，事後才弄明白，那一顆子彈只擦破了熊的臉頰。

那隻熊跳出來，就直撲塞索伊奇。

幸虧第二槍差不多擊中了要害，就地把那隻熊打倒了。

小霞衝過去咬熊的屍體。

當熊撲過來的時候，塞索伊奇沒來得及害怕。可是，等危險一過，不知怎的，這個結實的小個子卻馬上覺得渾身發軟，兩眼發昏，耳朵裡嗡嗡直響。他深深的吸了一口冰冷的空氣，好像苦思著什麼，想得迷迷糊糊，這會兒才清醒過來。現在，他才意識到剛才那一幕實在可怕。

任何人，甚至最勇敢的人，面對面碰上碩大的野獸，等驚險過後，都會有這樣的感覺。

突然間，小霞從熊的屍體旁邊跳開，汪汪的叫著，又向那堆枯木撲了過去。

塞索伊奇一看，不由得愣住了：從那裡又探出了第二顆熊腦袋。

小個子獵人馬上把心神鎮定下來，迅速瞄準，這次他很小心注意。只一槍，他就把那隻熊打倒在那堆枯木旁。

但是，幾乎就在同一時間，從第一隻熊跳出的黑洞裡，伸出了第三顆棕紅色的熊腦袋；接著，又伸出了第四顆。

塞索伊奇慌張了，他嚇了一大跳。看來好像這片樹林裡的熊，全都聚集在這堆枯木下面，這會兒一起爬出來向他進攻了。

他顧不得瞄準，就連放兩槍，然後把空槍扔在雪裡。在匆忙之中，他看清楚了，第一槍發出後，那顆棕紅色的熊腦袋就不見了；第二槍也沒虛發，不過，打中的是小霞，那當時恰好牠不小心跑了過去，誤中了子彈，倒在雪裡。

這時候，塞索伊奇的兩腿發軟，不由自主向前邁進了三四步，絆到被他打中的第一隻熊的屍體上，摔在那上面，失去了知覺。

也不知道他這樣躺了有多久。總之，他驚醒時的情況是很可怕的：有什麼東西在箝他的鼻子，箝得很疼。

他抬起手，想捂住鼻子，他的手卻碰到一個熱呼呼，毛蓬蓬又活生生的東西。他睜開眼睛，只見一對暗綠色的熊眼睛正盯著他看。

塞索伊奇失聲大叫了起來，一個掙扎，才把鼻子從那張動物的嘴巴裡掙脫出來。

他跌跌撞撞跳起身，拔腳就跑，但剛邁了幾步，又立刻陷在雪裡，雪埋到了他的腰部。

他總算回到了家裡。回家想了想，才明白過來：剛才咬他鼻子的，是隻小熊崽子。

過了好半天，塞索伊奇的驚魂才定下來，好好回憶了這場驚險的詳細情節，總算弄明白了他遇到的是一件什麼樣的事。

原來他開頭兩槍，打死的是一隻熊媽媽。接著，從枯木堆另一頭跳出來的，是一隻三歲大的熊兒子。

這種年輕的熊大多是小伙子，不是姑娘。夏天，牠幫助熊媽媽照料熊弟弟、熊妹妹；冬天，牠就睡在牠們的附近。

那一大堆被風刮倒的樹下面，有兩個熊洞。一個洞裡睡著熊大哥；

另一個洞裡，是熊媽媽和牠的兩個一歲大的小熊娃娃。

慌張失措的獵人，竟把熊大哥當做大熊了。

跟著熊大哥從枯木堆裡爬出來的，是兩個一歲的熊娃娃。

牠們還小呢，只不過跟十二歲的小孩一樣重，可是，牠們已經長得頭大額寬，難怪獵人在驚慌中，把牠們的頭也當做大熊的頭了。

獵人昏昏迷迷躺在那的時候，這個熊家庭中唯一保留下性命的熊娃娃，來到了熊媽媽的身邊。牠把頭往死母熊的懷裡探去，想吃奶，卻碰到了塞索伊奇熱呼呼的鼻子，以為塞索伊奇那不太大的鼻子是媽媽的奶頭，就啣住吸起來了。

塞索伊奇把小霞埋葬在那片樹林裡，逮住那隻熊娃娃帶回家去。

那隻熊娃娃是個有趣又可愛的小傢伙，而獵人失去小霞後，正感到孤單寂寞。後來熊娃娃十分親熱的依戀著這位小個子獵人。

本報特約通訊員

本報通訊員發送

最後一分鐘接到的急電

禿鼻鴉從南方回來了

城裡出現了候鳥的先鋒部隊——禿鼻鴉。冬季結束了。森林裡在迎接新年。

現在，請把《森林報報》再從春天讀起吧！

打靶場

第十二次競賽

☆ 射箭要打中靶心！答案要對準題目！

1. 哪一種小動物會倒栽蔥的睡一整個冬天？
2. 刺蝟怎樣度冬？
3. 公麋鹿的犄角什麼時候脫落？
4. 冬天，當昆蟲冬眠時，山雀對人是有害的，還是有益的？
5. 哪一種生物的骨骼露在外面？
6. 哪一種鳴禽會鑽到冰冷的河裡去覓食？
7. 麻雀的體溫什麼時候比較低，冬天還是夏天？
8. 海豹鑽到冰底下去後，靠什麼呼吸？

⑨ 什麼地方的雪先開始融化，森林裡的，還是城裡的？為什麼？

⑩ 鳥類用什麼材料築巢？

⑪ 經驗豐富的獵人會把捕獸器擺在什麼位置？

⑫ 在列寧格勒，哪一種鳥從南方飛來時，就認為是春天開始啦？

⑬ 新砌的一道牆，牆上開一個圓窗。白天打碎的玻璃，夜裡就能裝上。（謎語）

⑭ 說山高，它比山還高；說亮光，它比光還亮。（謎語）

⑮ 春天讓人愉快，夏天讓人涼快，秋天讓人吃個痛快，冬天讓人暖和起來。（謎語）

打靶場競賽答案

確認打靶成果吧！打靶場第十次競賽答案

☆請核對你的答案有沒有射中目標！

1. 冬至是一年當中白晝最短、黑夜最長的一天。
2. 大山貓、老虎等貓科動物的腳印沒有爪痕，因為牠們把爪子縮起來走路。
3. 牠們在南方度冬，不築巢，也不孵蛋育雛。
4. 它們停止生長，進入休眠。
5. 因為剛下過雪之後，雪上的腳印都是新的，隨便你順著哪一行腳印走去，都可以找到動物。
6. 琴雞、灰山鶉和榛雞。
7. 在田野裡穿白衣裳——為的是跟雪的顏色一樣；在森林裡穿灰衣裳，因為在冬天也有綠葉的森林裡，白色或其他顏色，都比灰色顯眼。

8 鼬鼪，牠會散發出刺鼻的麝香氣味。狐狸的嗅覺靈敏，受不了這種氣味。

9 熊的腳印。

10 用鼻子聞。

11 大風雪。

12 風。

13 嚴寒。

14 冰。

15 風雪。

確認打靶成果吧！打靶場第十一次競賽答案

☆請核對你的答案有沒有射中目標！

① 體型小的動物比較怕冷。體型大的動物，體內產生的熱量很多，而且熱量散失得比較慢。小型動物正好相反，產生的熱量少又散失得快，因而比較怕冷。

② 肥熊。睡著了的熊就靠脂肪來供給營養和保溫。

③ 狼不像貓科動物那樣，埋伏等待獵物，而是要靠牠那四條快腿，追捕要獵捕的動物。

④ 樹木冬天停止生長，不再吸收水分，所以木柴比較乾。

⑤ 砍下的樹木，只要數一數「年輪」有多少圈，就可以知道它的年齡。樹木春天生長快，生成的木材顏色淺，夏秋生長慢，木材顏色深，因而形成色彩深淺不同、一圈

圈的紋路，這就是年輪。樹木通常一年增長一圈年輪。

6 因為貓科動物總是先埋伏在一旁，再出其不意跳出來捉住獵物。牠們必須非常愛乾淨，不讓自己身上發出什麼氣味，否則獵物遠遠就聞到牠們的氣味而逃跑了。

7 因為冬天在人的住宅附近，牠們比較容易找到食物。

8 什麼東西也不吃。冬天牠睡覺。

9 從洞裡被趕出來，不冬眠而在森林裡遊蕩的熊。

10 只有雪兔冬天變白，歐洲野兔冬天還是灰色的。

11 交嘴雀。因為交嘴雀餵雛鳥吃的是松樹和雲杉的種子。

12 胡蘿蔔

13 雪花。

14 熊和獾等冬眠的動物。

15 獵人帶獵狗去獵熊。要不是有獵狗，獵人會被熊咬死。

確認打靶成果吧！打靶場第十二次競賽答案

☆請核對你的答案有沒有射中目標！

1 蝙蝠。

2 冬眠；秋天就鑽到枯葉和草做的巢裡去。

3 公麋鹿的犄角在冬天脫落。

4 有益的。冬天裡，山雀尋找躲在樹皮裂縫和小洞裡的昆蟲，以及牠們的卵和蛹來吃，可以吃掉不少。

5 昆蟲、蝦蟹和其他節肢動物。牠們的骨骼由質地堅硬的物質「幾丁質」組成。

6 河烏。

7 冬夏一樣。

8 海豹在水裡不會呼吸。牠在冰面上為自己弄穿幾個窟窿來透氣。

9 城裡的雪先融化，因為城裡的積雪髒一些。

10 鳥類用各種材料築巢，像是粗粗細細的樹枝、草葉、稻草、馬鬃、絨毛和羽毛等等。

11 擺在獸洞旁邊、動物來往的小徑上、有許多動物腳印匯聚和交叉的地方。

12 禿鼻鴉飛來的時候。

13 冰面上的窟窿，一到夜裡，冰窟窿裡的水又結凍了。

14 太陽。

15 森林。

我的自然觀察筆記

廣大的俄羅斯
遠東地區
白令海峽
堪察加半島
貝加爾湖草原
太平洋
烏蘇里森林
★編輯部的說明★
❶此處標示的地名，為本書中「東南西北：無線電通報」專欄中提及的區域或城市。
❷小朋友可以透過閱讀該專欄，並在地圖上尋找地點，藉此了解當時俄羅斯的國土範圍。
地圖繪製：吳子平

北冰
亞馬爾半島
大西洋
聖彼得堡
烏拉爾
波羅的海
莫斯科
諾沃西比爾斯克
頓巴斯草原
庫班草原
烏克蘭
烏克蘭草原
中亞沙漠
黑海
裡海
帕米爾山
高加索山
卡拉庫姆沙漠

小木馬 自然好有事 004

森林報報
冬天，森林裡有什麼新鮮事！

作者　維・比安基 Vitaly Bianki
繪圖　卡佳・莫洛措娃 Katya Molodtsova
譯者　王汶

社　　長　陳蕙慧
副總編輯　陳怡璇
主　　編　胡儀芬
特約主編　鄭倖伃
責任編輯　張容瑱
行銷企畫　陳雅雯、尹子麟、余一霞
美術設計　謝昕慈

出　　版　木馬文化事業股份有限公司（讀書共和國出版集團）
發　　行　遠足文化事業股份有限公司
地　　址　231 新北市新店區民權路 108-4 號 8 樓
電　　話　02-2218-1417
傳　　真　02-8667-1065
Email　service@bookrep.com.tw
郵撥帳號　19588272 木馬文化事業股份有限公司
客服專線　0800-2210-29

印　刷　通南彩印股份有限公司
2020（民 109）年 11 月初版一刷
2024（民 113）年 01月初版三刷
定　價　360 元
ISBN 978-986-359-839-8

國家圖書館出版品預行編目（CIP）資料

森林報報：冬天，森林裡有什麼新鮮事！/ 維・比安基著（Vitaly Bianki）；卡佳・莫洛措娃（Katya Molodtsova）圖；王汶譯. -- 初版. -- 新北市：木馬文化出版：遠足文化發行，民 109.11
譯自：Леснаягазета.
面；　公分. --（小木馬自然好有事；4）
ISBN 978-986-359-839-8（平裝）

880.599　　109016127